150cm Life ③

高木直子◎圖文

陳怡君◎譯

怎麼可能的　第三集。

編注◎川柳：江戶時代的短詩之一，其特色為簡潔、滑稽。

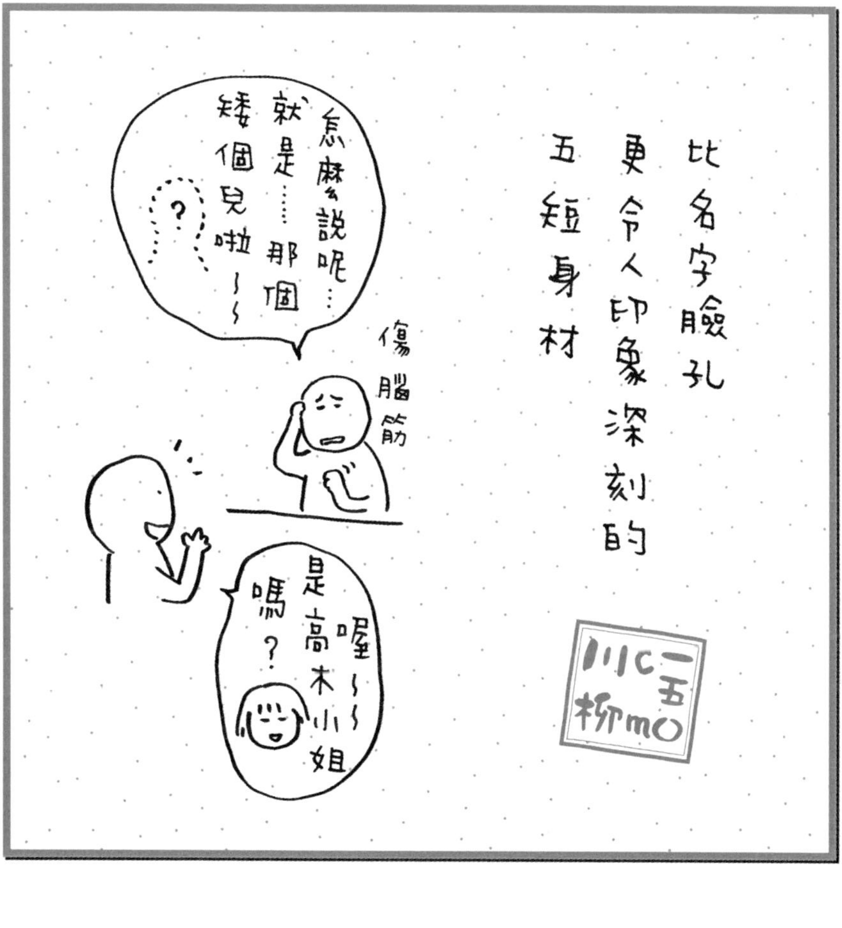
比名字臉孔
更令人印象深刻的
五短身材
怎麼說呢……
就是……那個
矮個兒啦~~
傷腦筋
喔~~
是高木小姐
嗎？

前言

大家好，我是高木直子。

我的身高依舊停留在150cm。

可能是太習慣於這個高度了，

渾噩度日之餘，常忘了自己是個矮個兒，

但只要偶爾想到：「啊，和別人比起來，我的個子還是真小咧。」

心頭就會湧現出一些些的感動、

一絲絲的惆悵、一點點的好笑……

就這樣度過我的每一天。

這次，我到全世界平均身高最高的國家——荷蘭走了一趟。

在日本，身材算是嬌小的我，
到了荷蘭究竟會矮小到什麼境界，
真是令人既期待又怕受傷害啊……
這趟讓我心頭小鹿亂撞的荷蘭之旅，
也收錄在《150cm Life 3》中。
請各位盡情觀賞！

Contents

因為一點小事
起了爭執。
哇!
哇!
咕~~
為了搶電視頻道
吵架。
CHIKI
你這個
大─笨─蛋
我再也不
跟你說話
了!
哼
可惡!
越想越
生氣~~
30分鐘後
我問你喔~
晚餐要吃
什麼呀?
基肯最大的優點
就是忘性強……。

Chapter 1

視線 of 150 cm

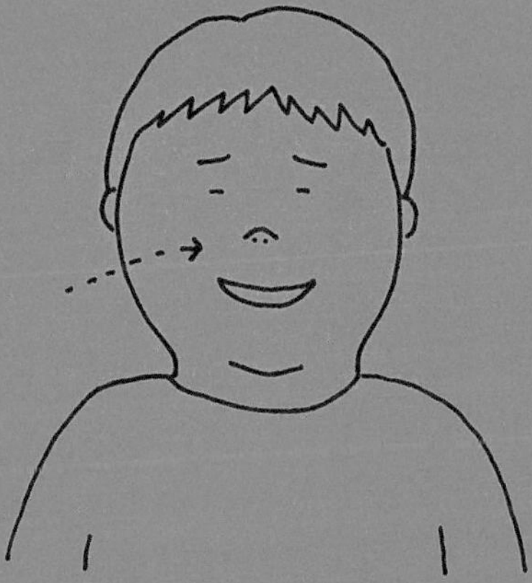

身高150cm的我，眼中的世界
大概是長這樣的……。

KUMA
剛好和T恤上小熊圖案的眼睛四目相對
兒童

150cm的視線高度

身高170cm左右的人，眼中的世界
應該是這個樣子吧……。

兒童
我

170cm的視線高度

……也就是說，170cm的人眼中的我，大概和他差不多……？
小不點
討厭~~連髮旋都看得一清二楚耶~~

和高個兒說話
總得這樣……
昨晚我去吃燒烤哦~
真棒~好吃嗎？
從我的視線看起來
是這樣的……
牛舌真是人間美味呀
鼻孔超清楚
從對方的視線，
我看起來應該是這樣吧……
髮旋
哇~好羨慕喔……
原來，視線高度不同，
看東西的感覺也不一樣耶
郵筒在我看來
是長這樣的……
高個兒眼中的郵筒
也許是這樣的吧？
（想像圖）

當我搭電車欣賞
窗外的風景時……
卡答…
卡答…
貼在車窗上的廣告
老是擋住我的視野……
卡答…
不爽
真礙眼耶……
香港腳專治
剛好在眼睛高度
卡答…
高個兒就不會有這種困擾了，
真羨慕……
從窗外看進來，
應該是這副德性吧……
卡答…
卡答…
只能勉強從
縫隙間往外看
討厭啦～

還有要抬頭看
車門上的路線圖時……
路線圖
卡答…
卡答…
ㄜ~我要到那個車站……
在那裡換車……
有個高個兒
從後面走來……
情侶
哦，我們可以在那個車站換車耶
咦~哪裡哪裡？
路線圖
指
就是這裡呀~
哇~~！
竟然能直接用手指出來，
高度的差異真是我的
一大致命傷呀~

店裡的商品如果放得高一點，我就不容易看到了。
麵包店
唔……看不清楚有哪些麵包……
剛出爐
巧克力麵包
蛋糕店的甜點都擺在玻璃櫃，一目了然，可是……
請給我草莓泡芙、蒙布朗、冰淇淋泡芙還有乳酪蛋糕……
您點的東西就這些嗎？
前推
ㄜ……看不到！
……還是逃不過出糗的命運。
完

Chapter 2

150 cm 的椅子問題

前幾天，
我去拉麵店的時候……。
大骨湯麵
一番
卡啦
咕嚕～
攪攪
歡迎光臨！
來碗拉麵
嘿咻
咚
馬上來
啊……
這椅子……？
轉轉
椅子沒辦法往前挪耶
沙沙
被鎖在地板上

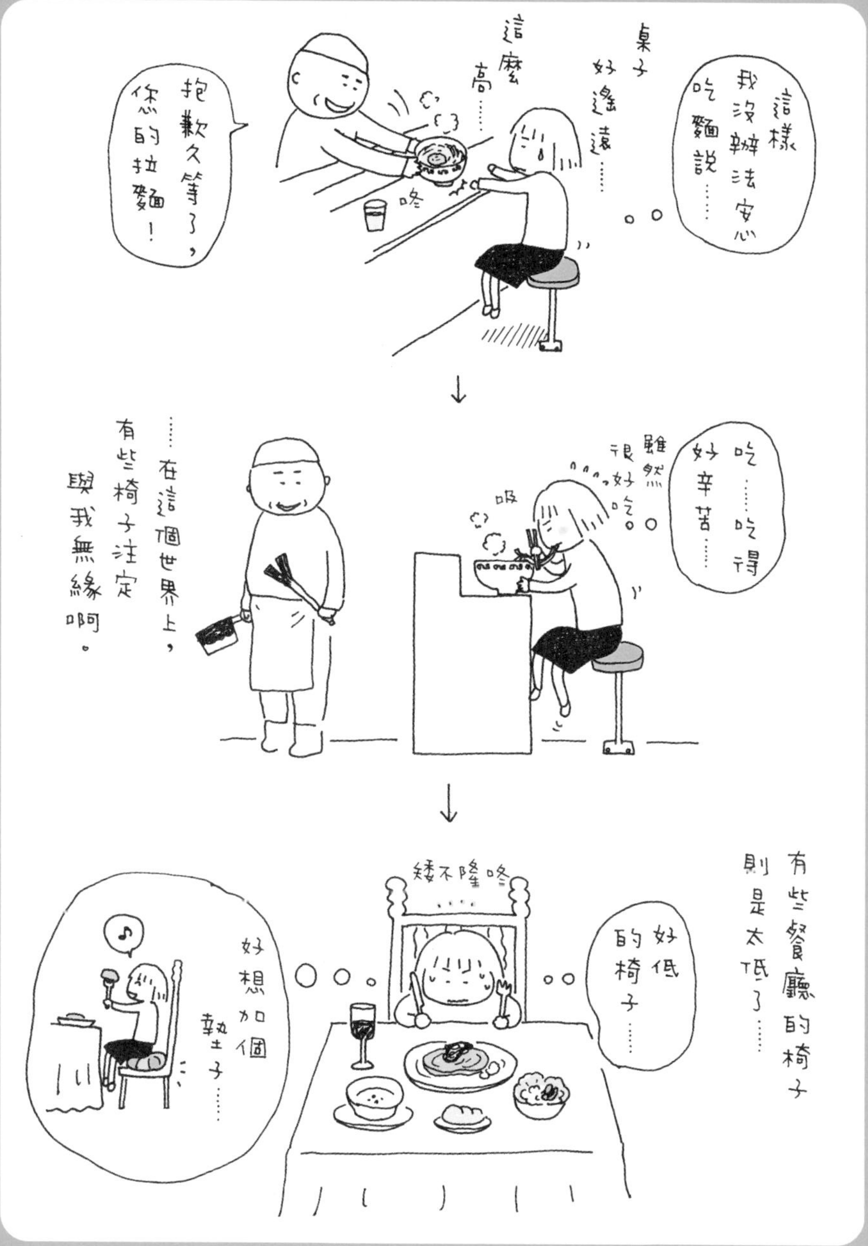

這樣我沒辦法安心吃麵說……
桌子好遙遠……
這麼高……
抱歉久等了，您的拉麵！
咚
吃……吃得好辛苦……
雖然很好吃。
吸
……在這個世界上，有些椅子注定與我無緣啊。
有些餐廳的椅子則是太低了……
好低的椅子……
矮不隆咚
好想加個墊子……

公司裡的辦公椅
可以自行調整高度，
使用起來很輕鬆。
還是上班族時的我……
調到最高
卡啦
卡啦
卡啦
……咦？
對不起，
電腦好像
當機了……
動也不動
怎麼回事？
我幫你看看
哇
這椅子
好高啊？
好高
緊
……
不過，
每次別人來坐我的椅子，
總會嚇一跳……。

有些能調整高度的椅子，
也是挺麻煩的。
證件快照
¥600
立刻取件！
對了，我得拍照辦護照
就在這裡拍好了
操作說明
嗯嗯
ㄜ……坐好之後
請調整椅子高度，
讓臉完全進入前方
鏡子的範圍內
……
唉呀……
完全不夠高

請旋轉椅子
調整高度
轉
轉
二轉
好……
這樣差不多了吧？
ㄜ……
還是不夠高……
真麻煩～
火大之下拚命轉，
結果……
轉
轉
轉
轉
哇咧～～
分離
椅子分成兩截了……。

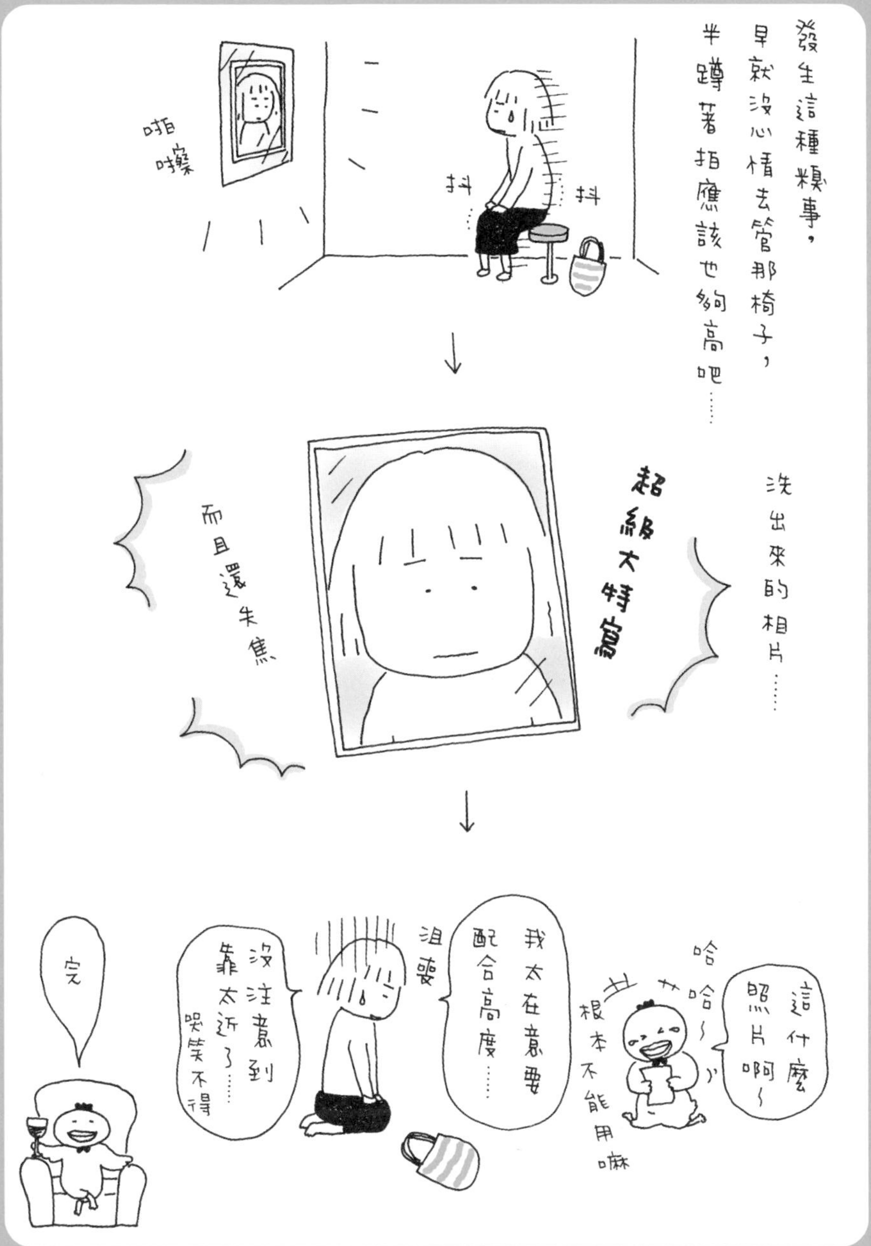
發生這種糗事，
早就沒心情去管那椅子，
半蹲著拍應該也夠高吧……
抖
抖
啪
嚓
洗出來的相片……
超級大特寫
而且還失焦
這什麼照片啊～
哈哈哈～
根本不能用嘛
我太在意要配合高度……
沮喪
沒注意到靠太近了……
哭笑不得
完

掃墓時灑水致意
竟也成了一件
苦差事
ㄟ咻
灑
高木家

Chapter 3

同伴 of 150 cm

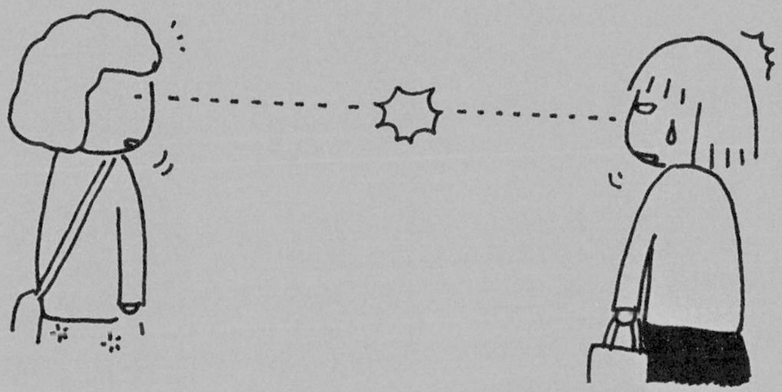

周遭的親朋好友個子
幾乎都比我高……
168cm
156cm
150cm
178cm
160cm
所以遇到差不多
身高的人時我特別開心。
哦……
那人個子也
滿小的……
每當遇到同類，
我就會暗中和她
比身高……。
盯
頭和肩膀的
高度好像跟我
差不多……？
不不不……
她好像比我
矮一點哦？

轉頭
四目相接
啊
眼睛高度咧……
低頭
一直盯著人家瞧……被發現了嗎……
緊張……
?
但裙子長度還滿剛好的……哪裡買的呢？
果然都會這樣
哈哈，那個人的袖子也是太長了……
閃
又怕又愛看

嗶嗶
……一股莫名的親切感
油然而生。
再見囉，
小個子同伴
……
初見面的人如果
身高和我差不多，
我就特別容易對她
產生好感……。
您好，
初次見面
名片
……我們身高
差不多耶～～
請多指教
呵呵，
是啊是啊～
不過我的目測偶爾
也會出錯。
你有
多高啊？
我看起來
嬌小，但也有
155cm喔～
呵呵
!!
比我高5cm！

搭捷運遇到尖峰時間……
哇…… 好擠喔……
擁擠
擁擠
快快快…
車門即將關閉
嗶嗶……

↓

轟隆….
卡答….
唔……
緊~
小不點
那個小個子女生一定也是動彈不得吧……

↓

從這個角度來看，說淹沒在人群中一點也不誇張……
小個子搭塞爆電車，實在辛苦哪~~

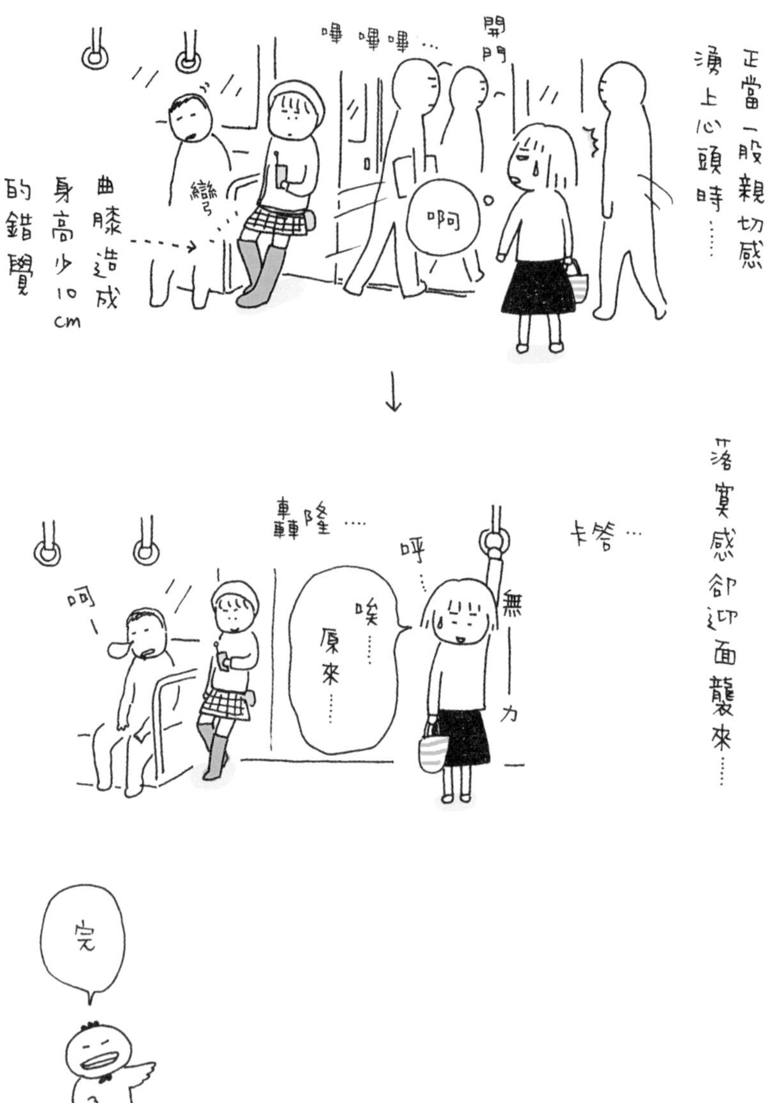
正當一股親切感湧上心頭時……
嗶嗶嗶…
開門
彎
曲膝造成身高少10cm的錯覺
啊
落寞感卻迎面襲來……
車轆隆…
卡答…
呼…
呵
唉……原來……
無力
完

Chapter 4

150 cm in 寒冬

正逢隆冬之時。
頂著寒風，今天我要去購物……。
好冷~~~！
抖
抖
咻~
抖抖
喂，雖然很冷，但你縮成一團，個子看起來就更小了耶
拜託！你還好意思說我？
抖
抖
抖
抖
你的手都藏在袖子裡
提袋還連著袖子
那是因為袖子太長啦！
平常手就露不出來了！

……話說回來，這問題好像從小就存在……
小朋友，手要伸出來喔
萬一跌倒才能及時用手撐住呀
老師
抖 抖
小學二年級的我
但袖子太長不是我的錯啊
就算我想伸出手也辦不到
尤其是外套……
這樣……啊
這件外套特別長，袖口能整個捲進手心裡唷
抓
完全密不通風！不賴吧？
這有啥好得意的
啊
咻—

你看那個人……
竊竊私語
哇，穿長大衣耶！真棒
帥——氣
身高190cm左右
高個兒穿大衣就顯得魄力十足～～我穿就沒那種效果了……
唉，說不定你的身高還不及那件大衣的長度咧
WIN
哪裡買的？可能是訂做的吧？
他……他們是在說我嗎……
走在那種人背後，就不怕冷風吹了吧？
寒風刺骨…
擋風
夏天時你也是這樣講
艷陽高照
遮陽
嗄

人家也好想穿長大衣喔……
可惜不論長度或整體感都無法盡善盡美……
咦
哈哈，你在這裡做啥？
拍
蓋住
!?
嚇
友人
來逛街嗎？
啊嗯……對啊……
穿連帽外套常會像這樣被蓋住頭
可能是因為帽子剛好位在很好抓的地方……？
有時則是像這樣
↓
等等
喂喂
揪

之後去了百貨公司……
哇，好多可愛的帽子和圍巾喔～～♡
毛線帽＆圍巾
看起來既蓬鬆又溫暖耶～～
一套 ¥2980
呵呵……看起來如何？
膨脹
膨脹
一套 ¥2980
有……有點可怕……
好像變態狂……
穿太多就顯得臃腫……
這就是150cm的冬季悲歌……。
完

Chapter
5

150 cm的包包問題

今天和基肯四處亂逛。
花丸電器
音響
家電
電腦
超低價!
啊……對了，我得買傳真紙～～
B4
先買吧，免得忘記……
收銀台
一共980日圓。
叮
啊……
花丸電器
謝謝惠顧
不客氣
咦？幹麼垂頭喪氣的？
手電筒 大特價
花丸電器

嗯……
店員給了我一個大袋子裝～
這樣逛街很不方便耶……
拖拖
磨到地面了
砰
喔喔
早知道就晚點再買～
如果是橫式提袋就好了～～
好痛
壓
的確礙手礙腳……
說到提袋……我想買個上健身房用的包包～～
你想買哪種款式的？
砰

我的東西很多，最好買個容量特大的包包……
T恤
運動褲
運動鞋
茶
毛巾
花丸電器
放得下所有東西
可以肩背……
即使手提也不會拖地……
大小剛好的包包……
喔～～
那不如買附輪子能拖著走的登機箱？
像這種的
咕嚕咕嚕
拜託
哪有人帶登機箱上健身房啦～
Bag
Cafe
哪種包包好呢～～
啊，去那家店瞧瞧吧？
咚～
垃圾桶
花丸電器
唉呀……

背包
早春新款
嗯……沒有喜歡的款式……
你看，這個斜背包還不賴吧？
好看嗎？
有點想買這個包包耶♡
這個……
很像以前的國中生～～
老師好～
花丸電器
沒禮貌～～這樣講太過分了！
我國中時用的是學生手提書包，才不是這種斜背包！
長這樣
人……人家是開玩笑的啦～～

想想當初那個學生書包也被我操得很慘……
既太又重，幾乎快拿不動了……
國中時候的我
用力
用力
痛
笨重
撞
還經常被同學嘲笑……
看起來好像提了大行李呢
哈哈哈
要出國旅行喔
唉~
後背包就輕鬆多了……
我去上學囉~
巨大
有時候，這種斜背包即使將背帶調到最短，還是太長……
拖行
唉……
還得用鑽子多穿幾個洞……
鑽
鑽
……
真是辛苦哪~

之後繼續在各家店裡閒逛……
雜貨
去那間店看看吧？
咚
在某家店發現了這個包包。
有長短兩條背帶
哇～～♡這個包包太完美了！
是……是嗎……
收銀台
大小也剛剛好我要買這個～～♪
我去付錢，你幫我顧一下東西
唉呀……底都磨破了……
花丸電器
破破爛爛

這個包包超好用……
啦啦啦~~
到現在我都是背這個包包上健身房……
但一不小心也會發生這樣的糗事……
我出門囉~
啊?
卡住
救命呀~
POP CORN
完

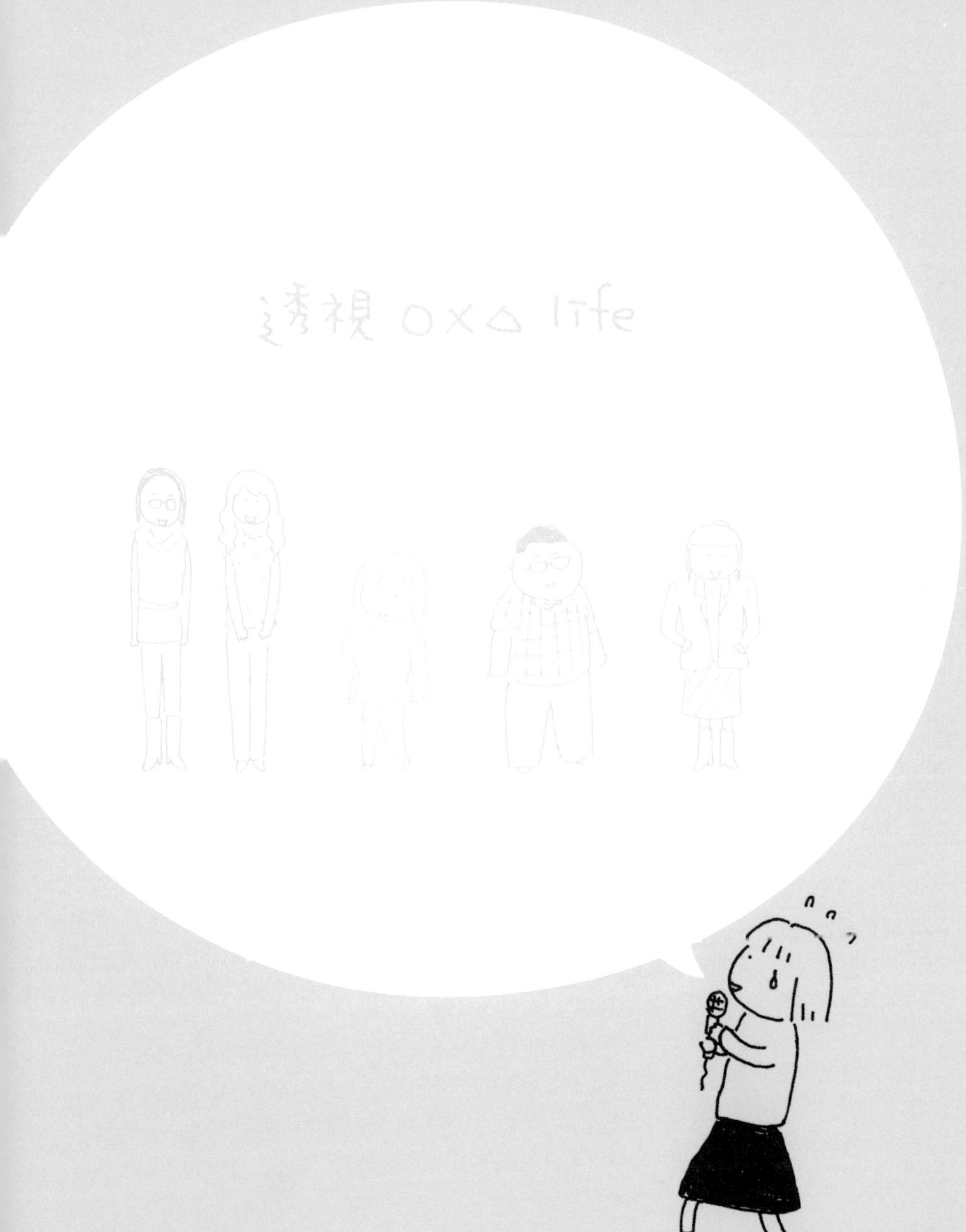
透視 ○×△ life

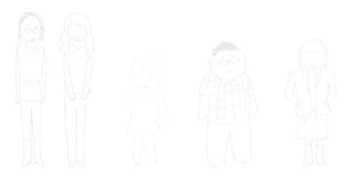

175 cm 以上 life

走在路上
老是引人注目……
盯
哇～～
嚇一跳的阿婆
走走
……
喔
有人甚至
大剌剌的回過頭
來打量……
聽演唱會時還會
被後面的人碎碎唸……
可惡……
擋住了
啦 啦 啦～～
要彎腰才能照到
店裡準備的鏡子……
好低喔……
換成是我……
好高喔～
挺腰
此外還經常有人
問這種問題……
你很喜歡喝牛奶吧？
或者
高中是排球隊的吧？
還是籃球隊的？
或者
你們全家人都長這麼高嗎？
之類的。

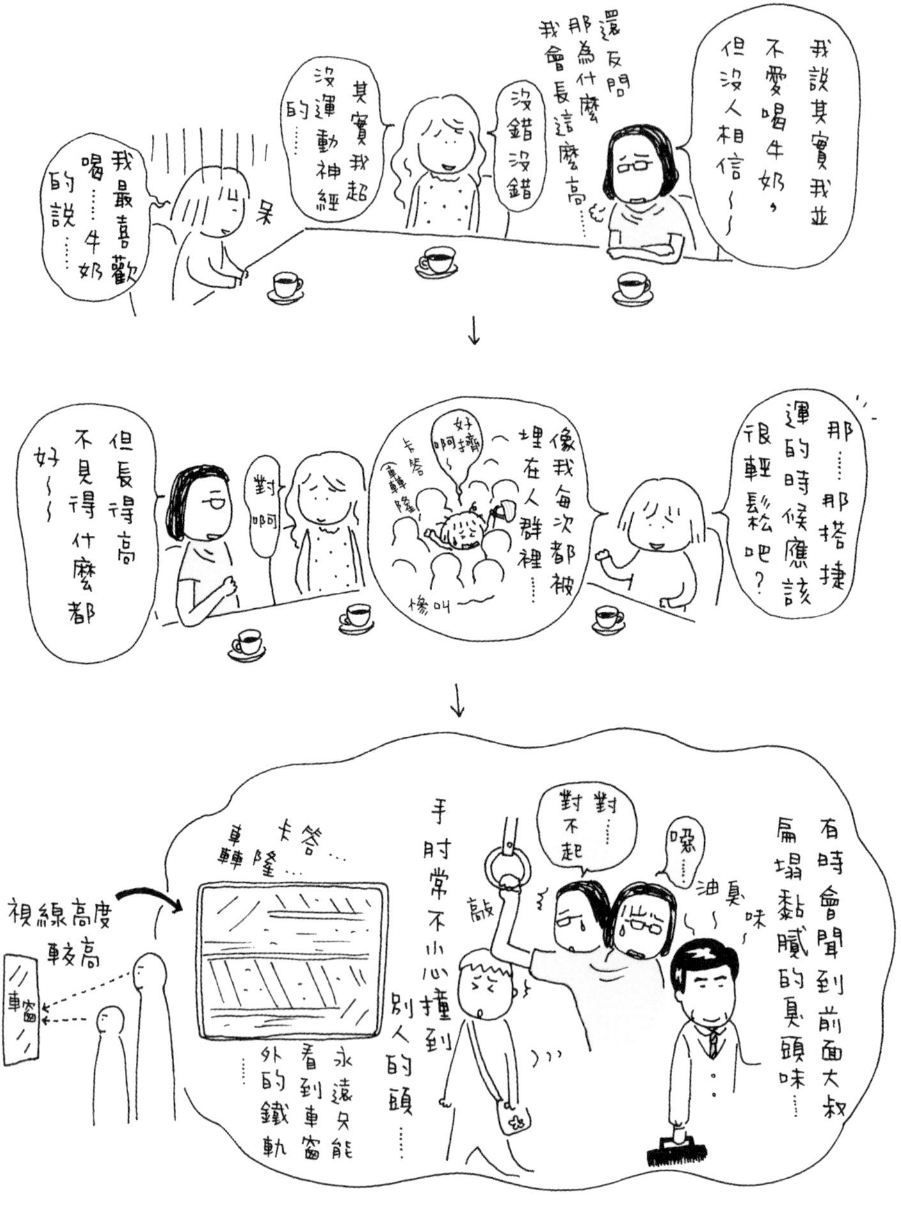
我說其實我並不愛喝牛奶，但沒人相信～～
還反問那為什麼我會長這麼高……
沒錯沒錯
其實我超沒運動神經的……
呆
我最喜歡喝……牛奶的說……
那……那搭捷運的時候應該很輕鬆吧？
像我每次都被埋在人群裡……
好擠啊～
卡答轟隆
慘叫～～
對啊
但長得高不見得什麼都好～～
有時會聞到前面大叔扁塌黏膩的臭頭味……
油臭味～
嗯……
對對……不起
敲
手肘常不小心撞到別人的頭……
卡答…轟隆…
永遠只能看到車窗外的鐵軌……
視線高度較高
車窗

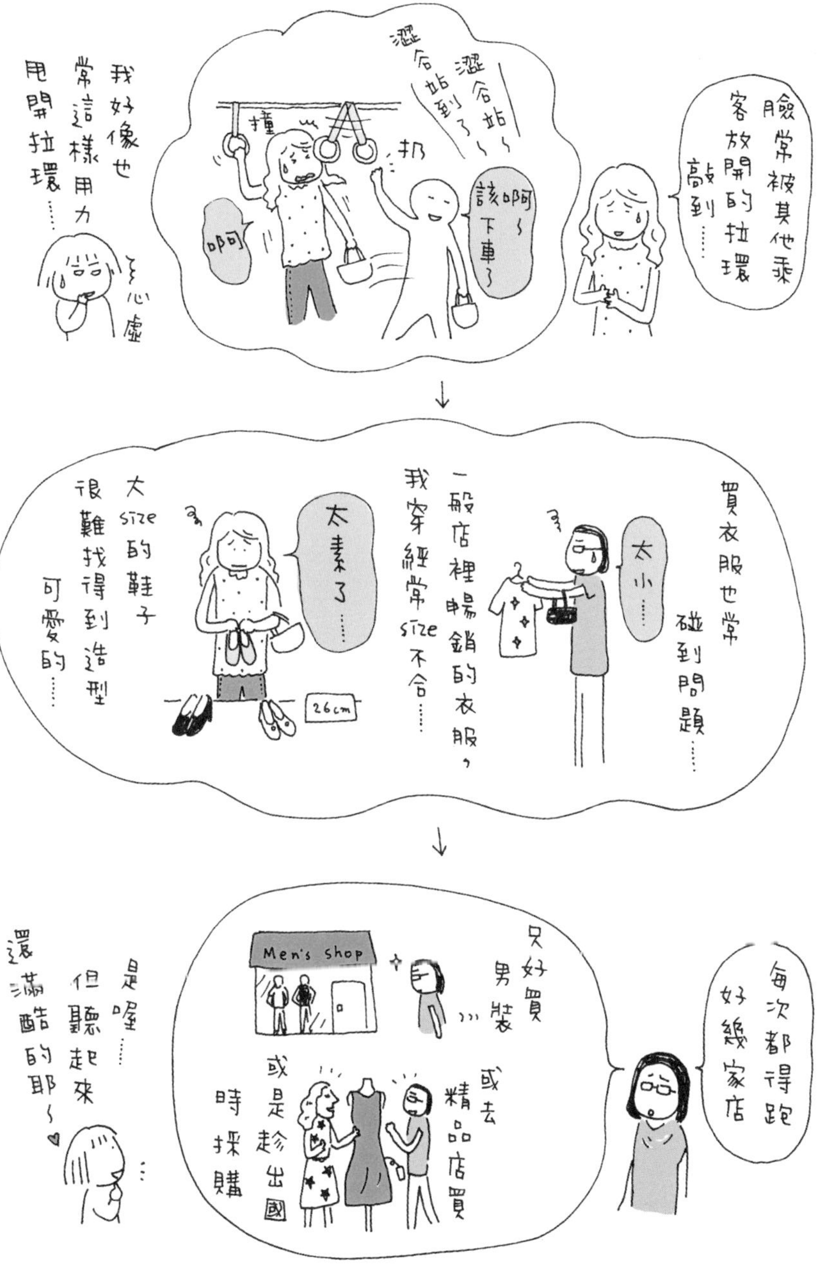
臉常被其他乘客放開的拉環敲到……
澀谷站～
澀谷站到了～
撞
扔
啊～該下車了
啊
我好像也常這樣用力甩開拉環……
心虛
買衣服也常碰到問題……
太小……
一般店裡暢銷的衣服，我穿經常size不合……
太素了……
大size的鞋子很難找得到可愛的造型……
26cm
每次都得跑好幾家店
Men's shop
只好買男裝……
或去精品店買
或是趁出國時採購
是喔……
但聽起來還滿酷的耶～

最慘的是這些煩惱很少人能體會～
抱怨褲長太短沒辦法穿，就會有人回說「這樣穿也滿酷的呀」甚至「長得高了不起啊」之類的……
是啊，明明就真的很煩惱……
……
剛剛也直嚷著「滿酷」的傢伙♥
國中時就因為長得高而引人注目……
哇～
好大隻～
喂，你看
長得好高喔～
少根筋的男生
那種感覺真讓人百感交集……
一般人的反應大概可分成兩類……
那個人會不會很恐怖呀？
不太好惹的樣子哦～
哇，好高喔
真羨慕～
不論哪一種都讓我備感壓力……

一開始我對這兩種反應都很排斥……
握
但後來想通了，別去管人家柏不柏，只要想著別人都很羨慕就好啦！從此便釋懷了……
了不起
現在，我覺得當個高個兒還不賴
我也很喜歡自己的身高～
我覺得自己個子嬌小也不錯呢
反正不可能再長高了……
高個兒與矮個兒乍看之下非常兩極化……
令人意外的是，這兩種人都有買衣服的困擾、對身高的自卑感交集至漸漸釋懷……彼此的諸多遭遇還滿類似的呢……
謝謝你們接受採訪……
不客氣
……這場訪談就在這種心有戚戚焉的氣氛下結束了。

但幾天後看到當天訪談時拍的紀念照，
高矮的差異還是血淋淋地呈現在眼前……

壁壘分明～～！
好……
好驚人的三人合照……
你是單獨站在遠處跟他們一起拍嗎……
揉眼
是遠近法嗎？
還是我眼花了？
完

H罩杯 life

坦白說，「女人味」這兩個字跟我完全扯不上關係……。
唉，我個子這麼矮，哪可能散發出什麼女人味嘛～♪
……
咳咳
抓
抓
……但前幾天，我卻活生生遇到一個嬌小卻魅力十足的女人。
N小姐
你好
豐滿
不會吧～～!?
雖然我只有151cm，但卻是H罩杯哦♡
身……身高只差1cm……
胸圍卻相差這麼多……
真慚愧……!
H F G D F C A B

胸……胸部這麼豐滿，一定有什麼撇步吧？
謎底即將揭曉……
嗯……我媽媽胸圍不大，但外婆的胸部還滿豐滿的，可能是隔代遺傳吧？
唸高中時參加軍樂隊，也許是因為常鍛鍊到腹肌背肌吧……當時很快就瘦了10kg……但之後好像……又復胖12kg左右吧？
那麼飲食習慣呢？
我聽說吃大量肉類或奶製品有豐胸效果耶
MILK
ㄟ？我小時候還滿常吃地瓜的啦……
這有關係嗎
不過您看起來實在很有女人味耶♥
好羨慕喔
可是這也帶來很多困擾呢……
例如買內衣，大size胸罩不但款式少，價錢又貴……
高級品
¥15.000
造型可愛的樣式很少
泳衣也很難買……
綁帶式的穿起來最剛好♥

合身的上衣穿起來變得很緊身……
噫……
緊~
全部扣好後，釦子與釦子間都緊到繃開了……
寬鬆的上衣穿起來則顯得臃腫……
好像孕婦喔……
這裡其實是空心的
空……空心?!
一些設計款的衣服……
卻因為衣服往上縮，那些特殊設計也就派不上用場
縮……
還有啊，買套裝時下半身穿7~9號，但上衣卻要穿到13號呢……
有這種事~
由於個子矮，人家從高處便能春光一覽無遺……
哇~~
緊盯不放
!!
搭電車時有人會故意用手肘偷襲……
嘿嘿……
蹭蹭
變……變態狂!

interview•interview•interview•interview•interview•

回家之後……
バタン
我回來囉～♪
告訴你哦，我今天……
嘰哩
呱啦
遇到一個小個子但胸部超豐滿的女生哦～～
渾身充滿女人味
個性又可愛，真的很有魅力耶～～
POP CORN
所以說，女人味和身高沒啥關係囉？
卡滋
卡滋
さ……
鏘
說……說得沒錯啦……
完
♥

130 kg life
這個訪談系列採訪的都是些個性與我大不同的人。
今天專訪對象是大塊頭的男性。
我的身高178cm，體重130kg。
請多指教
F先生
恕我冒昧，請問身材龐大對您的生活會造成哪些困擾？
這個嘛……
最讓我困擾的問題就是椅子～～
椅子……？
搭新幹線時，由於座位不大，加上兩側有扶手，很難順利的坐進去～
一列三席的座位，中間位置完全沒辦法坐。
靠走道的座位因為還有點空間，坐起來比較舒服。
看電影時怕影響隔壁觀眾，只好勉強縮成一團塞在座位裡……
縮～

電車上的長椅「這是一人份」的暗示，對我來說也是另一種困擾……。
坐過的位置自然形成一窪淺凹槽。
只要一坐下，很明顯就能看出我超線了……
屁股溢出那個凹槽範圍總令我坐立難安……
此外我還經常坐垮椅子。
辦公椅的椅背被我壓斷……
分離
椅腳也出現裂痕……
放大圖
裂開
洗澡坐的塑膠椅被壓得變形……
不堪負荷
所以我超怕坐那種類似夜店裡漂亮但看起來不堪一擊的椅子……
BAR
弱不禁風～
還曾經在一家充滿東方風情的店裡把人家的籐椅坐破了……
哇
撲
破
說到椅子，我也曾遇過不少困擾……
費盡千辛萬苦才能坐上高腳椅
嘿……
搭火車老被人誤以為是空位。
啊
此外，跪坐對我來說也非常辛苦……
跪坐時由於腳受到壓迫，整個都麻掉了～
動不了……
所以一旦去那種空間不大、只有榻榻米座位的居酒屋，就很辛苦了……
麻痺
麻痺
麻痺

盜汗的問題也很令我頭痛。
好熱~
不論春夏秋冬，只要一出汗，體溫上升，汗水就流個不停……。
所以我都隨身攜帶大毛巾
展開
好……好大一條毛巾！
我的
上班時即使要去的地方走路就能到……
走路去的話，等下開會時一定又是滿身大汗……
傷腦筋~
……即使地方很近，我還是得搭計程車過去。
咻~
運動的機會就少了。
真是費盡心思呢……
另一個讓我頭大的就是玻璃地板~
有些底下甚至還鋪了彩色石頭或流水……
好……好像快裂開了……真可怕！
媽呀~
心驚膽戰
很多裝潢時尚的店都有這種設計……
我……我也超怕這個……
真的很恐怖……

買衣服呢？有沒有遇過麻煩？
是有那種賣大size衣服的專賣店啦……
但我的身材算中等，只能買S號的
S……S號？
沒錯～
因為我穿M號的有點大……
試穿中
……
鬆～
BIG
M
鬆～
哦……我也常有這樣的困擾呢……
試穿中
……
M
鬆～
由於S號的款式不多，很不容易找到喜歡的樣式～
我了解我了解～
我也常買不到size剛好款式又好看的衣服呢……
在意想不到的地方
產生共鳴

不過，塊頭大應該也有一些好處吧？
嗯……就是容易令人印象深刻吧……即使工作上只見過一次面的人，也能牢牢記住我……
光從背影就能認得還出聲叫我
車站
嗨
此外也很容易和大家打成一片～
嗨，今天好嗎？
是下先生耶
你好～
溫暖開朗的類型
的確，大塊頭的人感覺上脾氣比較溫和……
贊同
贊同
但一些女性對我的親切感卻常讓我會錯意……
想和對方約會
這……
我不太方便耶……
打擊
幾乎都被對方婉拒……
現在我已不再對任何人抱持期待了……
苦笑
其實早就結婚了。
別這樣說啦，還是有很多女生喜歡你這種大塊頭男生唷～～

最後一點就是經常被
吆喝一起去吃吃喝喝。
大口喝酒
大口吃肉
因為我食量大，一起聚餐的話，大家就能點很多東西吃，而我開懷大吃的模樣，也讓大家覺得很盡興。
看對方吃得津津有味，自己吃東西也覺得特別美味呢～
流口水
大吃大喝的代價就是賠上了健康～
加上缺乏運動……
我的健康檢查結果各項數值都很糟糕，更因為血糖太高而無法捐血……
捐血室
不好意思讓您白跑一趟……
什麼？
震驚
的確讓人擔心呢～～
以前我很愛吃零食、漢堡，還經常拿炒麵當消夜吃……
最喜歡高熱量食物了……
但最近我徹底改變飲食習慣，還會吃很多魚肉，身體已經慢慢恢復健康了～～
哇，那恭喜你囉～～
訪談就到這裡結束……。

不論是大塊頭還是小個子，都要多注意身體健康呢~
看來，我也要重新調整飲食習慣了~~~

↓

你一天要吃幾包爆米花呀！
吃太多了！
POP CORN
搶走
搞搞……搞什麼呀！
還給我啦~~~
垃圾桶

嗝……
完

肩寬48cm life
個性與我大不同系列……
這次要採訪的對象是有寬肩困擾的女性。
大家好～
我的肩寬有48cm……和成龍只差2cm哦
M小姐
這樣說來，我還不知道自己肩膀有多寬呢……
是這樣量嗎？
ㄟ……大概35cm吧？
我從小學就練蝶式……
於是便練出這樣的肩膀了……
我從小身材就很壯，每次遇到親戚……
哇！你體格好壯！
……都會被這樣說，讓我幼小的心靈覺得很受傷。
僵住
我……我從嬰兒時期體格就很壯碩
滾來
滾去
這孩子以後應該會長得很大隻吧！
親友團
不怕影響孩子未來心理發展嗎……

肩膀寬的最大困擾就是衣服很難買～
一般的T恤穿在我身上馬上變童裝……
緊
肩線往上縮！
如果是薄一點的衣服……
這件衣服有加墊肩嗎？
沒有惡意
傻住—
沒……沒有啊……
……常被問到這種問題。
有加墊肩的衣服，墊肩全會被我拔掉。
誰要這種東西！
丟
丟
再加墊肩的話，我不成了橄欖球員了……
在大家體型都差不多的學生時期，我的身材就顯得特別醒目……
上體育課時……
肩膀超出肩線位置
寬
讓我非常的在意……。
嗯……這點我倒是沒注意到……
呆
扠腰
向前看齊！

穿連身泳裝時，看起來簡直和摔角選手沒兩樣……
叮
倒三角形
但是我又沒勇氣穿比基尼……
剪短髮的話，和藝人和田のKIKO簡直像同一個模子印出來
完全吻合的……
所以一直都是留長髮！
插個題外話……
我個人非常欣賞和田小姐的歌聲
哦~肺活量十足呢♡
不過，倒是很多人說我穿軍裝或皮衣很好看
男裝也OK！
帥氣
冬天就不必煩惱要穿什麼衣服了♡
唉……這類衣服我都沒辦法穿……
我好像沒有迷彩裝耶……
一般成衣幾乎找不到剛剛好的size，為了找能穿的衣服，我也慢慢找到適合自己的風格……
哦，這件衣服哪裡買的？
很好看耶~♡
絕不會和別人撞衫哦~♡
有肩帶的服飾也不易滑落唷。
緊貼！
細肩帶背心
不易鬆脫！
肩背包
好……好讚喔~
不像我會沿路一直滑脫
!!
滑
水壺
真羨慕……

後來我去學佛朗明哥舞，在西班牙買舞衣時，店員高興的說只要修改長度就行，這一點我還滿開心的～～
我還沒碰過只要改長度就能穿的日本人
是喔……
一般人不是肩線太寬就是胸圍太大，上半身都要修改。
換成是我，鐵定要花不少錢在修改費上……
大概全身都得修改吧……
可能是因為肩膀寬吧……反而有小臉的效果……
照片裡的我看起來個子並不大～
實際看到本人都會嚇一跳……。
小臉……？
太……太讚了吧！
我個子矮加上大餅臉，跟小臉完全無緣……
從來沒人說過我的臉小……
我媽甚至還這樣說……
直子的臉跟月娘很像哦，呵呵呵～～
指滿月
說這什麼話嘛！
僵
沒有啦……這只是大家的錯覺～
這世上多的是錯覺！

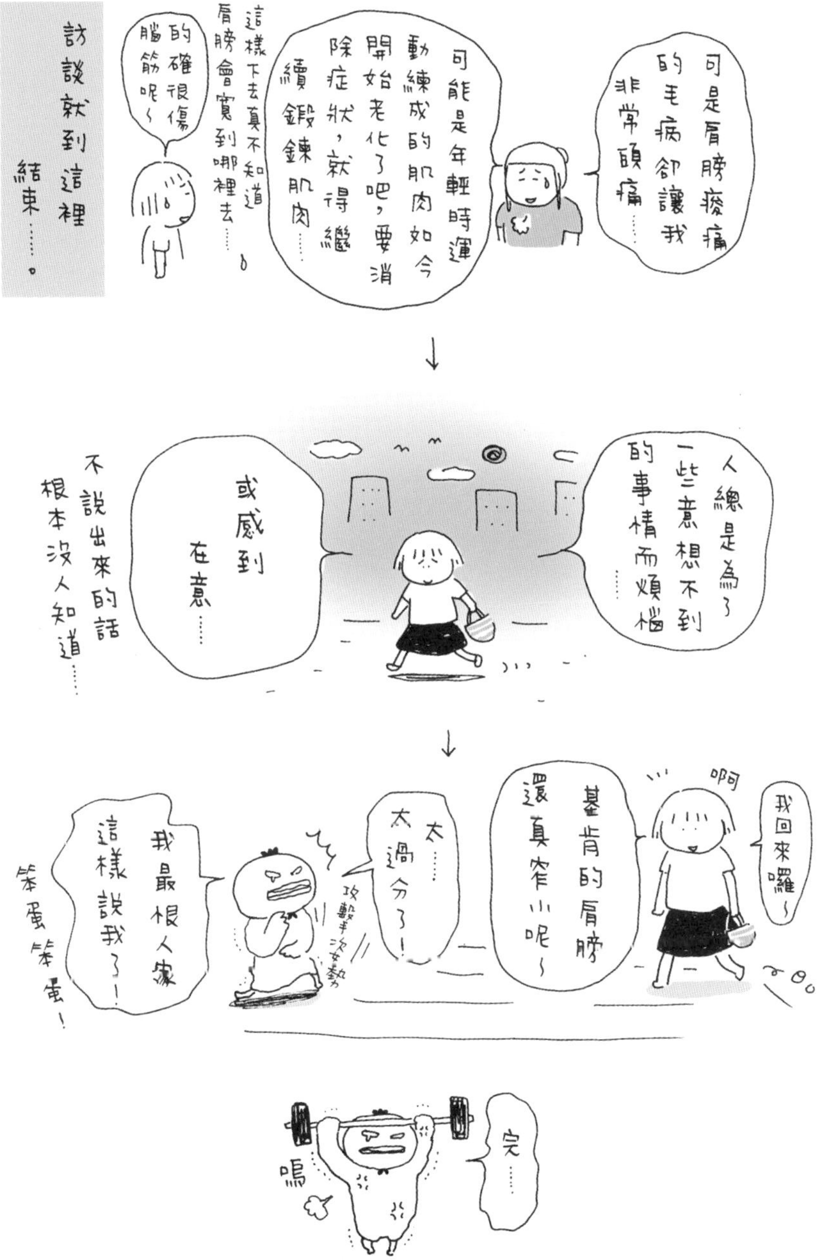
可是肩膀痠痛的毛病卻讓我非常頭痛……
可能是年輕時運動練成的肌肉如今開始老化了吧，要消除症狀，就得繼續鍛鍊肌肉……
這樣下去真不知道肩膀會寬到哪裡去……。
的確很傷腦筋呢～
訪談就到這裡結束……。
人總是為了一些意想不到的事情而煩惱……
或感到在意……
不說出來的話根本沒人知道……
我回來囉～
啊
基肯的肩膀還真窄小呢～
太……太過分了！
攻擊姿勢
我最恨人家這樣說我了！
笨蛋笨蛋！
完……
嗚

真是奇怪呀
頭髮拚命長
身高卻文風不動

真想不透哪
體重不斷增
身高卻毫無長進
又胖了~~~

哇！
基肯！
倒地不起
啊……？
是你喔……別吵啦……
原來只是睡著而已！
搖搖
另一天……
基肯～～你怎麼了？
軟癱～～
餅乾
啊……？
你的睡相能不能正常一點啊！
餅乾
流口水

巨人國荷蘭
修業旅行日記

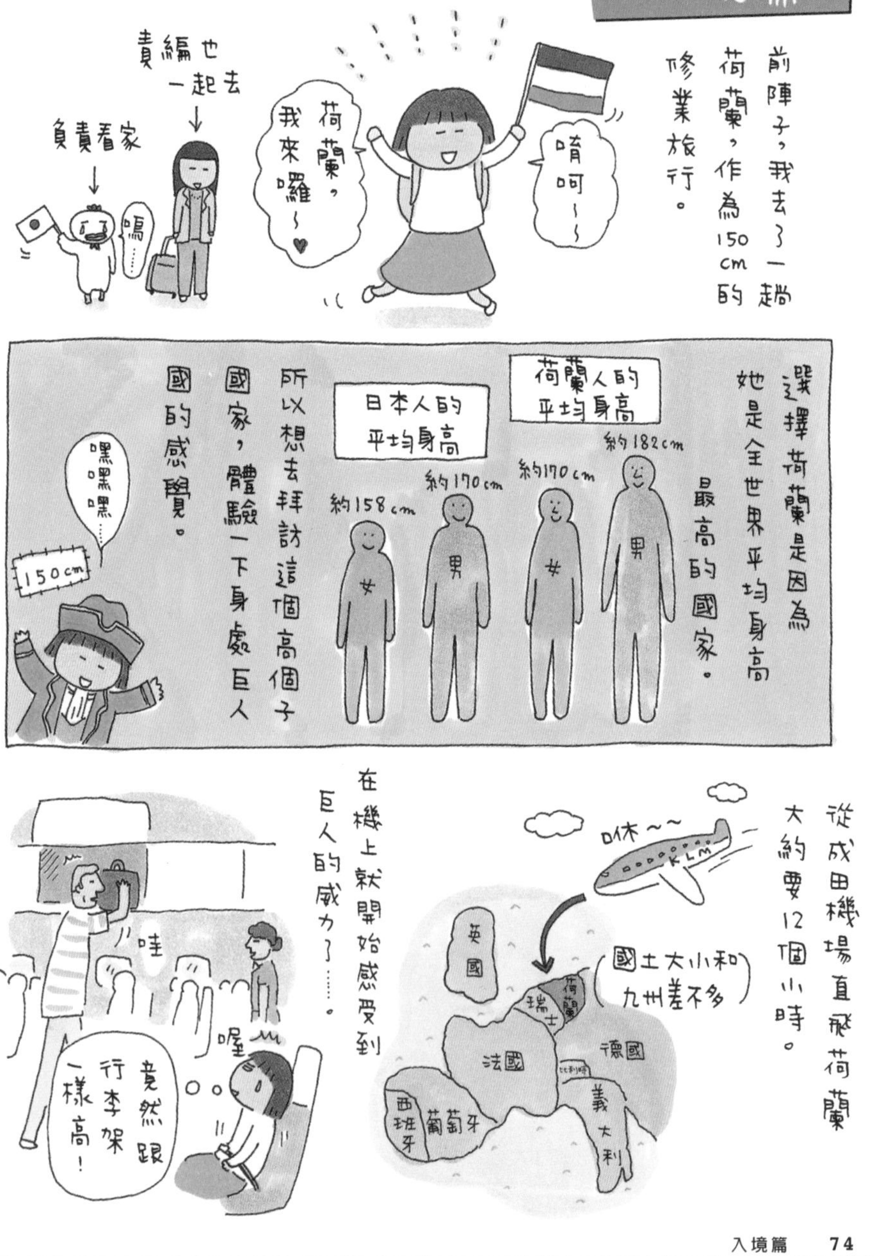
前陣子，我去了一趟荷蘭，作為150cm的修業旅行。
唷呵～～
荷蘭，我來囉～♥
責編也一起去
負責看家
嗚……
選擇荷蘭是因為她是全世界平均身高最高的國家。
荷蘭人的平均身高
約182cm
男
約170cm
女
日本人的平均身高
約170cm
男
約158cm
女
所以想去拜訪這個高個子國家，體驗一下身處巨人國的感覺。
嘿嘿嘿……
150cm
從成田機場直飛荷蘭大約要12個小時。
咻～～
KLM
國土大小和九州差不多
英國
荷蘭
瑞士
德國
法國
比利時
義大利
西班牙
葡萄牙
在機上就開始感受到巨人的威力了……。
哇
喔
竟然跟行李架一樣高！

飛機終於降落在史基浦機場。
終……終於到了～
時差作業
搖搖
Schiphol
好累唷～
晃晃
再從這裡搭電車到首都阿姆斯特丹。
(車程約20分鐘。)
全是高－個－兒～～
在阿姆斯特丹一下車，馬上就被那高聳的人牆所震撼。
真……真壯觀！
簡直就像一堵牆
樓梯
緩步
向前
車站內放眼望去盡是高頭大馬的外國人
Tickets
大奇妙了～
每個人都好高大……
彷彿只有我的腳是陷入地底下似的……。

在日本身高不算矮的責編，到了這裡頓時也成了矮子一族，
真有趣。
跟丟就糟囉……
← 2m級
只有小孩和狗比我矮
160 cm
150 cm
搭計程車去飯店時，一群團體客正好在門口集合。
HOTEL
（即將出發的時刻）
嘰嘰
喳喳
哇
BUS
TAXI
只好從這群旅客的夾縫中找路硬擠過去。
喳喳
嘰嘰
AMS TER DAM
櫃檯……在哪呀？
借……借過……
完全看不到→
前方

好不容易才殺到櫃檯辦check in。就連櫃檯都比日本的高好多唷……。
請寫上您的姓名
好……好難寫……
我在對方眼中大概是這副鳥樣子吧……？
Check in please
哈哈哈……
其他旅客都是輕鬆的將手肘放在櫃檯上。
房間裡整體構造也特別高。
好高的天花板～！
床也好高唷！
晃晃
哇～連馬桶也長得特別高！
踩不到地啦～
我完全看不到房門上的窺視孔。
根……根本搆不到！
傻眼
飯店疏散位置圖
大概165cm
踮腳尖
如果是我站在門外，裡面的人大概看不到我吧……？
沒人呀？
叮咚叮咚

因為飯店不提供牙刷，
只好出去買。
2m級
這個人好高唷～
東張
那個人也是～！
西望
終於見識到了……
咻——
卡答
車轔隆
2m級
路面電車
超市裡也一樣，
什麼都高高在上。
（不是指價錢哦）
堆得老高的購物籃
疊疊疊疊
他……他們是怎麼堆上去的呀～？
這貨架……連我都搆不到～～！
BONUS
長得高嘴巴相對也比較大嗎？
連牙刷都超大支……
好像沒有小一點的刷頭……
這能刷嗎……
是有兒童牙刷啦……
結果我們挑了刷頭小一點的成人牙刷……。
刷頭特大

當晚就用那牙刷刷牙，果然還是太大了。

刷
刷
好難刷喔……
elmex

↓

洗臉台的鏡子掛得很高，我看不到自己刷牙的模樣。

只能見到鼻子以上的部位
刷
刷
……

洗臉時因為洗臉台很高，一不小心水就會沿著手肘滴下來……。
潑
潑
滴~

荷蘭篇待續

抵達荷蘭的當晚，我們到飯店附近的餐館吃晚餐。
熱情的老闆
welcome!!
兩位好！♥
grill restaurant
烤鮭魚和烤雞肉
再加兩杯啤酒～♥
MENU
Please～滿滿一桌
送來的份量超多……
滿滿一桌
還附上一大盆薯條
來荷蘭當然要喝海尼根♥
Heineken
極好吃但還是吃不完……
嗝……
抱……抱歉
我已經吃很飽了……
哈哈哈，OK、OK!!
your small stomachic
(你的食量真小哪)♥
超美味的薯條

聽說荷蘭的乳酪是全歐洲最便宜的。
超市乳酪專櫃
琳瑯滿目~
竟然有這麼多種乳酪！
其他乳製品的種類也很多
MILK
BONUS
飯店吃到飽的早餐也提供好幾種乳酪，每種都好吃極了。
太好吃了~♥
牛奶也很好喝
滿滿一盤
荷蘭人也許正是因為常吃乳製品，才會長這麼高吧……。
第二天中午，我們和當地導遊麻衣子碰了面。
兩位好。
嗨
麻衣子的老公達彼特先生
請多指教~
住在荷蘭的麻衣子也是個身高151cm的小個子……。

我們搭達彼特先生的車前往小城奈梅亨(Nijmegen)

偶爾還會有風車
哇，是牛耶——！
哞～

出了阿姆斯特丹，沿路一覽無遺的牧場風光，這應該就是他們乳製品如此發達的原因吧……。

↓

不同於熱鬧的阿姆斯特丹，奈梅亨感覺上是個相當恬靜的住宅區。

噹
噹
噹
哇，好美麗的地方♡
喵～

↓

午餐去吃了當地名產煎餅。

藏身林中的可愛煎餅店
啊哈
嘻嘻
嘰嘰
哈哈哈

碰上星期天，
到處是帶著小孩或狗出遊的家庭

菜單上有各式各樣的煎餅……
Hello
我要……
小丑煎餅兒童餐
MENU
我猜食物份量會很多，所以挑了兒童餐的煎餅。
送來的是上面裝飾成小丑臉的可愛煎餅
很像可麗餅
這……這是兒童餐？
好大……
差別只在於裝飾得比較童趣？
滿滿一盤
成人餐的份量也不過如此
份量根本是超大號……
這個煎餅也好吃極了。
嗯～又香又甜好好吃喔～
感～動
嚼
嚼
熱牛奶
糖漿
隔壁桌的小孩也吃得很開心
哈哈
嘻嘻
嘻嘻
汪汪

結果又是吃太飽……。
呼～肚皮快撐破啦
嗝
吃太多～
小丑鼻子可以帶回家玩
吃光光
汪汪汪
晚上又到鎮上的PUB去玩。
在入口處付三歐元，店員就會在手上蓋個章。
蓋
興奮
嘩
嘩
鏘鏘
哈哈哈
Heineken
吧檯位置一樣高高在上。
啤酒
鏘
鏘
看……看不見啦……
已經成為基本沒勢力
Ice Tea
wieckse

不過店裡的氣氛實在很棒
在國外的pub裡喝酒別有一番成熟的韻味呢……♥
海尼根真好喝～♥
心情一下子就high了起來……
因為座椅很高……
類似沙發的長椅
啤酒還在你手上耶
嘿咻……
有80cm之高
用膝蓋硬爬上去
鏘
鏘
沙
沙
坐姿實在優雅不起來……
荷蘭篇待續

荷蘭居家篇

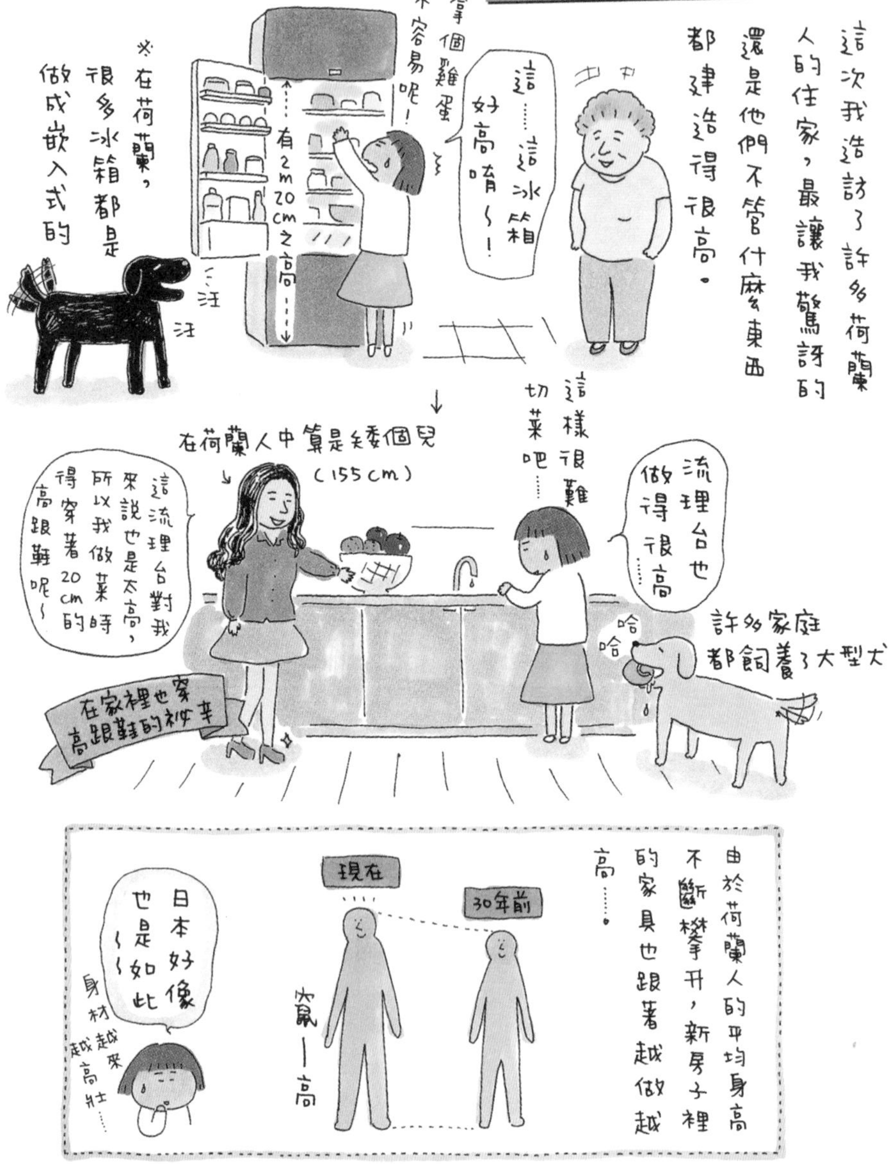
這次我造訪了許多荷蘭人的住家，最讓我驚訝的還是他們不管什麼東西都建造得很高。
想拿個雞蛋真不容易呢！
這……這冰箱好高唷～！
有2m20cm之高
※在荷蘭，很多冰箱都是做成嵌入式的
汪
汪
在荷蘭人中算是矮個兒 (155cm)
這流理台對我來說也是太高，所以我做菜時得穿著20cm的高跟鞋呢～
在家裡也穿高跟鞋的秘辛
這樣很難切菜吧……
流理台也做得很高……
哈哈
許多家庭都飼養了大型犬
由於荷蘭人的平均身高不斷攀升，新房子裡的家具也跟著越做越高……。
現在
30年前
竄—高
日本好像也是如此～～
身材越來越高壯……

我還參觀了達彼特的姊姊家，房子是三年前蓋的。
黛絲小姐
(166cm)
你好
人高馬大
老公
羅納度先生
歡迎歡迎
啾~
寵物
好……好高大！
真驚人~
這位仁兄身高竟然將近兩公尺。
房子裡處處有驚奇。
哇，這個流理台好像更高耶~
幾乎到我的胸口
竟然有97cm……
太神奇了
回日本後特地量了家裡的流理台，只有80cm高……。
……
好大的浴缸，我都能躺在裡頭睡覺了~！
這個浴缸是訂做的唷~
我啊，一不小心還可能溺水呢
哇~
淋浴間
整個躺平
蓮蓬頭的位置超高。
(將近2m20cm吧?)

羅納度先生借我騎他的腳踏車，但是我連踏板都踩不到……。
哈哈哈
好……好高喔！
真可怕……
天哪－
地面到座墊竟然有110cm
抖抖
開始打掃院子的羅納度先生
~♪
這把掃帚也好大~~
拿在羅納度先生手上倒是滿正常的……
沙
沙
這垃圾桶也是好大一個~~
SULO
室外垃圾桶
應該裝得下直子小姐吧……
高高在上的櫃子羅納度先生輕輕鬆鬆就搆到了
打開
這裡的東西只有我拿得到，所以都放些重要物品~
到底放了什麼呀，看~~不見
跳
跳
擺了光光巧克力。
（因為老婆超愛吃，只好藏到這裡來以免吃太多變胖。）
kit kat

長得高其實也有不少麻煩～
拍照老是被卡到頭……
不是撞到電燈就是被別人的傘戳到……
撞
好痛
戳
啊
在超市裡常被拜託幫忙拿東西下來……
尤其是一些歐巴桑
那麼高的貨架……沒幾個人能拿得到東西吧～～
太高了啦……
搭飛機也得坐第一排，否則腳根本沒地方放……。
還是很擠……
我倒是撿了個便宜，位子好大舒服極了♥
通道
經濟艙
床永遠只能斜著睡～～
就像這樣～
※雙人床
我就只能從中找空隙睡囉……
有這種事～～～
即便如此腳還是伸出床外
啪

如膠似漆的兩人，
彼此初見面時，
羅納度先生是坐著的。
您好。
很高興認識你~
嗨
之後要去別處續攤時……
哇，這麼高大！
站起
雖然心裡這麼想……
呵呵
但當時其實已經愛上他了~~
哈哈哈
真幸福哪~♥
這對恩愛的夫妻剛生了小寶寶，羅納度先生很喜歡舉著孩子喊著
「好高、好高唷」……
你看，好高、好高唷~~♥
小薩姆
嘻
哈
很高耶，危險啊！
有2m50cm吧？
果真是很高、很高呢……

荷蘭寫真集

什麼都很大

1.超市裡的巨大貨架，根本碰不到櫃子頂端。　2.超市的購物籃。是誰把它堆得這麼高的？　3.車站附近的商店，櫃檯超高，幾乎看不見裡面賣了些什麼東西……。　4.羅納度先生的掃帚，有兩公尺高。　5.超大外套穿在我身上的模樣。

150 cm 同伴篇

荷蘭日僑麻衣子小姐與另一位Y小姐，聊了許多關於住在荷蘭的甘苦談。
Y小姐家
兩位在荷蘭過得還習慣嗎？
您好～
這就說來話長了
Y小姐
身高150cm
麻衣子小姐
151cm
日本茶
廚房的流理台做得很高，一次要切很多菜時真的很辛苦。
咚
咚
咚
嘿咻嘿咻
超市的貨架特別高，也是一大困擾呢。
我一直以為超市沒賣雞腿，但其實是因為擺在最上面而我沒看到。
今天還是沒賣雞腿嗎
還有在pub裡總是沒辦法很優美的靠在桌旁
手肘搆不到……
哈哈……這經驗我也有過……
PUB裡
抓
用膝蓋硬攀

參加戶外party時，幾乎整天都得抬著脖子跟別人講話
即使穿上7cm的高跟鞋，回家後還是累癱了……
哈，我了解那種感受~
脖子應該僵掉了吧……
上次去某家餐廳，裡頭的洗手間裝了很多鏡子，讓客人從各個角度都能看到自己的模樣……
但輪到我時，卻沒有一面鏡子照得到我……
ㄟ……奇怪了?
結果……只好靠著門把上的反射來補妝……
……
哈哈哈……
我不是故意取笑您啦，但這舉動實在太妙了

Y小姐家的洗手台，鏡子也是掛得很高。
這……完全照不到呀！
150 cm
91 cm
借廁所一用
對耶，我家鏡子也掛得這麼高呢～
到底是掛來幹嘛的呀……
我有時會上健身房，但那裡的泳池很深，游起來心驚膽戰的……
絕不能半途停下來！
啪啪
啪
最深處竟然達 2 m!!
最淺的地方也有160 cm呢……
什麼～～
2 m…!?
此外，想找件合身的衣服簡直比登天還難。
這件反摺牛仔褲雖然是在這裡買的……
喔，反面還有小圓點圖案耶，真可愛～～♥

按照我的身高，小圓點圖案其實是會被整個剪掉的
圓點圖案只到這裡
但是我實在太喜歡這小點點了，所以另外花錢請人家幫我修改褲子。
還滿貴的呢……
真是得來不易呀……
而且這裡只賣大型的腳踏車～～
啊，我也同樣在找腳踏車說～！
成果如何呀？
羅納度先生的腳踏車
好可怕～～
完全踩不到踏板……
新車根本找不到小型的，我跑了好幾家中古車行，才終於找到適合的大小……
新車不過100歐元，我卻花了180歐元買二手車……
也算不錯啦～～
我早就認命地買了一台小型摺疊腳踏車，但因為輪子小，每次騎車都得多踩好幾下呢～～
輕鬆～
拚命地踩

荷蘭人的腳似乎特別長呢
合影留念時
人種之差異特別明顯♪
腰竟然到達我胸口處
在餐廳用餐時~
天~~哪！桌面以上竟然還看得到腿~~！
修長

↓

在荷蘭生活實在不容易，有些事情說來心酸卻又令人發噱……

上次在電影院裡，前座竟然來了一個高個兒，害我不得不跪坐在椅子上看電影！
腳好痠！
哈哈哈
有戶人家對講機裝得特別高，我只好扯開嗓門用喊的~~
叮咚♪
哪位呀？
我是麻衣子啦~

類似的情況實在不勝枚舉。

之後和她們的老公們會合，一起去吃晚餐。
很高興認識你~
你好
Nice to meet you
哈姆先生
嗨
達彼特先生
交談之後，才知道這兩對夫妻彼此初相識的地方既不是日本，也不在荷蘭。
相識於西班牙
我從來沒想過自己會住在荷蘭呢~
啊，我也是耶~
相識於中國大陸
真不可思議呀~
真是有緣~~
來到荷蘭才發現，這裡真是個適合居住的國家，不論環境或居民都是那麼悠閒自在……
加上有許多外來移民，居民見到外國人並不會大驚小怪
日本人的外表看起來比實際年齡輕，算是佔了不少便宜~

真幸福……這兩對夫妻的老公看起來都好體貼，好令人羨慕哪……♥
在旅館內
嚼嚼
抓抓
讓我突然也想在荷蘭住下來了……♥
從日本帶來的零嘴
梅乾
海帶芽
……就這樣度過令人若有所思的一夜。
荷蘭篇待續

荷蘭寫真集

在地美食

1. 吐司上鋪了厚厚一層蛋，樸實的滋味令人欣喜。　2.在荷蘭相當罕見的巴黎風甜點。　3.這就是小丑煎餅。明明是兒童餐卻這麼大一個。　4.超好喝的牛奶，這桶是兩公升裝。　5.剛炸好的薯條，光這一盆就夠我填飽肚子了。　6. 烏特列支（Utrecht）的蘋果塔，一種用派皮將蘋果裹住烘烤而成的點心。　7.豆子湯超辣但非常好喝。

在荷蘭街頭四處
可見腳踏車的蹤影。
哇~
還有各式改造過的腳踏車
兒童座
人人都像自行車選手似的，速度超快
在荷蘭，
人人至少擁有一台腳踏車，
普及率堪稱世界第一。
我也想租台腳踏車暢遊
荷蘭的大街小巷！
……但在那之前得先買條
方便騎腳踏車的長褲。
COFFEE SHOP
啦
啦
只帶裙子出國的傢伙
去的地方想當然爾
是童裝店……。
童裝店裡看起來有
滿多適合我穿的衣
服……。
連模特兒都比我高大……
這些孩子到底是設定多大歲數啊……?
128+
m176

我迫不及待地試穿，
結果……
喔耶～這件夾克大小竟然剛好～♥
合身
袖子的長度也剛好！
這真是太好了～
大小雖然OK，
但設計上還是
太過於童趣……。
背後竟然還繡了GIRL……
GIRL
圖案
再喜歡也……
……
咔啦……
LOVE
每件衣服上或多或少
都有可愛的小圖案
男童裝的設計，
就比女童裝簡潔多了。
BOYS
這件或許能穿哦～～
car

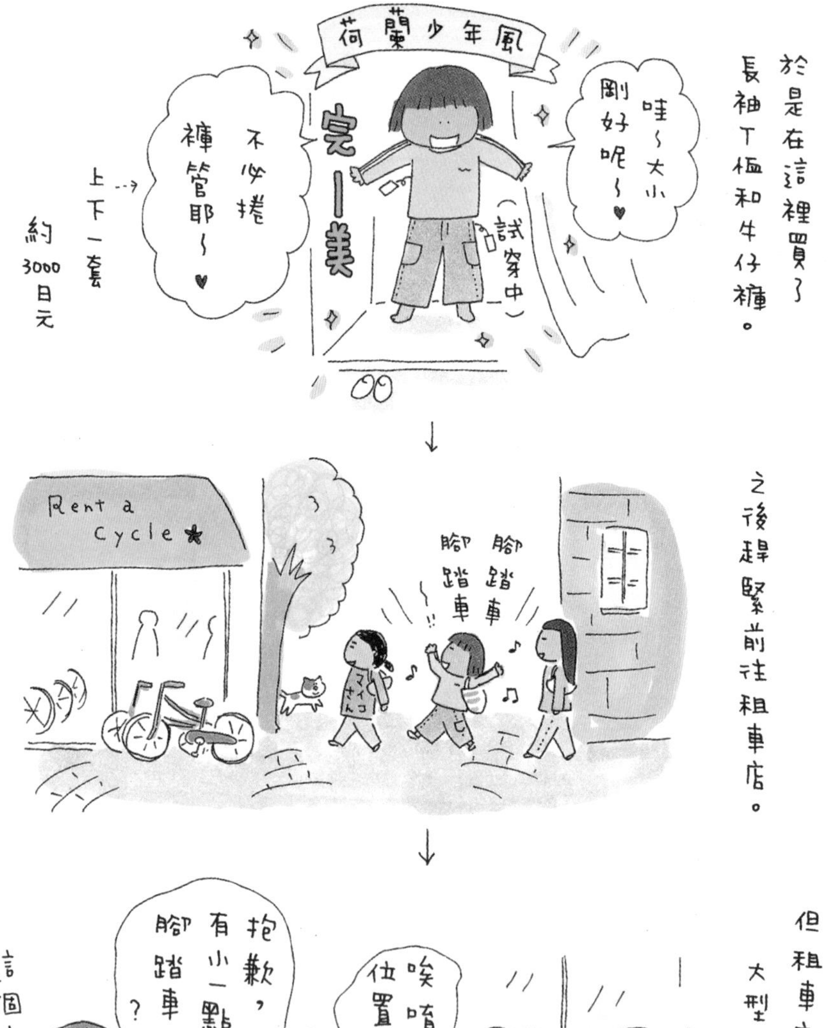

於是在這裡買了長袖T恤和牛仔褲。
荷蘭少年風
哇～大小剛好呢～♥
完一美
（試穿中）
不必捲褲管耶～♥
上下一套
約3000日元
之後趕緊前往租車店。
Rent a cycle
腳踏車
腳踏車
～!!
但租車店裡只有大型的腳踏車。
唉唷～座墊的位置太高了啦～!
抱歉，有小一點的腳踏車嗎？
例如小孩子騎的……
這個嘛……

這台有比較小一點啦……
還……還是踩不到踏板～
努力
伸直
雖然有比羅納度先生的車好一點，但還是好可怕唷～～
更可怕的是，荷蘭的腳踏車煞車方式是將踏板往後踩。
煞車
前進
我的媽呀～
原本以為只要能踩到踏板就夠了呢，這實在太危險了！
之後找了好多家出租店，但是都沒有小一點的腳踏車……
好可惜喔……
我看算了吧，我也不希望在荷蘭摔成骨折……
這也是沒辦法的事……
有氣無力
最後只好放棄騎腳踏車的念頭……。

在童裝店順利地買到了衣服，倒是一般的女性服飾店衣服都過大，幾乎找不到我能穿的。
寬大
……!!
放眼望去幾乎都是L～LL size的衣服。
鞋子同樣有size過大的問題
36
37
38
39
40
41
最小的size從36號開始……
大概等於日本的23cm吧？
一覽無遺
※不但被放在最角落的地方，款式也很少。
在這裡完全看不到「專賣小size」的商店。
一路上偶爾也能看到矮個子呀……
他們到底都去哪裡買衣服呢……
看起來似乎是亞洲移民的矮個兒

不過我們倒是發現一家專賣2m以上高個子的男性服飾店。
模特兒根本就是個巨人！
好壯觀喔～
高聳
HIGH AND MIGHTY
這家店裡有好多令人訝異又驚喜的商品。
好大的鞋子！
好像船喔！
T恤也超大件！
這件都能讓我當連身洋裝穿了
由於使用的布料較多，價格相對較昂貴。
感覺就像誤闖巨人國呢！
我拜託店員讓我試穿外套，結果形成了一個有趣的畫面……
沉甸甸
好……好重……
看這裡
哈哈哈
手只到這裡
這件事成了我荷蘭之旅的美好回憶。

番外篇

在荷蘭還發生了不少趣事。

嗨
€1.00
NEW
都賣些什麼東西呢……？
看不見……
Wa……
water please……
KIOSK
140 cm 左右

車站月台旁的販賣店櫃檯滿高的，看不到裡面賣些什麼，買東西超緊張的。

我還挑戰了路邊偶爾出現的快速照相，椅子高度沒問題，但……

嚇
啪
擦
無敵閃光

超炫目的閃光燈突然在眼前亮起，結果拍出了這副飽受驚嚇的表情……

傻蛋臉。

鹿特丹有個展示身高2m37cm巨人的博物館，但等我們到達時，展覽已經結束了……。

他是鹿特丹在地人
體重230kg，腳掌足足有62cm呢
食量更是常人的五倍之多唷
不停講個
還印了相片送我們

博物館的工作人員不但給了許多資料，還親切的為我們解說……。

在烏特列支這個地方
有個高度112m的鐘塔，
稱為「主教塔」。
建於14世紀
我們現在來參觀這座主教塔。
dom toren
導遊帶領我們遊覽
在這趟參觀行程中，
有個鶴立雞群的高個兒
特別顯眼……。
好高～～
請往這邊走
緩步前行
絕對有2m以上
我一直跟在那個人後頭……。
導遊一路上做了許多解說，
但我的心思早就不在這上頭了……
滔滔不絕
嗯
嗯
好高……
好高唷～
導遊只會講英語和荷蘭語，我根本聽不懂他在講些什麼……。
來回打量

這座主教塔總共有465級階梯，但因為通道狹窄，爬起來滿恐怖的……。

本來還很雞婆的替那個高個兒擔心，怕他爬不上這個狹窄的樓梯……

原來人家早就平安到達塔頂了。

從塔頂放眼望去，火柴盒般小巧可愛的住宅櫛比鱗次，景色真是美麗。

荷蘭的建築物非常別致而可愛，到處都能見到鮮花和綠地……

很像娃娃屋的房子
店員們都非常親切
你好
歡迎光臨
（但有很多商店晚上六點就打烊了）
好多狗
啤酒
還有很多牛
哞~
乳酪很好吃
偶爾也能見到日本觀光客的身影
呵呵
大多數是歐巴桑團

人民友善，生活步調緩慢而愜意。

我請教達彼特先生的爸爸：「為什麼荷蘭人都長得這麼高呀？」

達彼特先生
據說是因為荷蘭陰天日子多的關係
就如同植物必須不斷往上長，才能爭取到日照。
例
茁壯
伸展

……他這樣回答了我。

說不定真是如此……看來，荷蘭實在是個閒居的好地方啊。

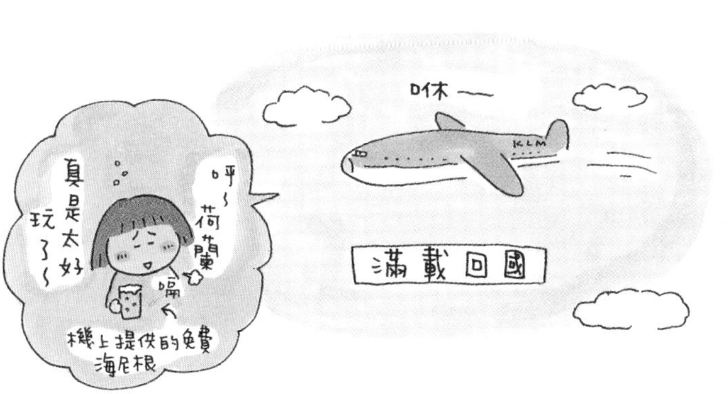
咻—
KLM
滿載回國
真是太好玩了~
呼~荷蘭
嗝
機上提供的免費海尼根

回到東京，街頭上的建築物明顯矮了許多，看起來還真不習慣哩……。
炒麵 烏龍麵
便利店
哇，店好小，人也不高～！
哈哈哈
感覺好像回到現實世界呢！
在荷蘭拜訪了許多精緻又漂亮的住家，相較於我自己的家簡直是天壤之別……。
哇～這房間好小喔……
而且還亂七八糟的……
這是你回家後該有的態度嗎！
快把名產拿來！
POP CORN
完

荷蘭寫真集

荷蘭 美景

1.走到哪裡都能看到風車。 2.腳踏車大國荷蘭，座墊都好高喔。3.阿姆斯特丹的花市，滿地都是平日罕見的球根。 4.從主教塔遠眺烏特列支街景。 5.阿姆斯特丹的運河景色超美。 6.阿姆斯特丹廣場，有許多街頭藝人在這裡表演。

荷蘭寫真集

可愛的東西(?)

1.好像是樂透彩的宣傳海報。好可愛！　2.親子郵筒大發現！　3.寫著意義不明的日文的包包。4.可愛(?)的薯條人。　5.在荷蘭也看得到出前一丁的招牌小伙子唷！　6.連路標也是超可愛的。

Chapter 6

150cm有好有壞

今天搭電車出門……。
卡答……
又不是假日，怎麼人這麼多……
對呀……
轟隆……
煞車……
哇呀
滑
啪
敲
撞
好痛
唉唷!~
澀谷~澀谷站~
好痛喔……
前後都被撞到……
你沒事吧~

霜淇淋
唉……個子矮的人果然……
拍拍
比較容易遇到倒楣的事～
舔舔
真的嗎？
上次我去超市買東西時……
哈哈，好便宜的麵線～！
細如髮絲
¥228
廣告商品
買個2包吧！
慢了就搶不到囉～!!
……回家之後正想來大快朵頤……
腳踏板腳踏板♪
啦啦
食物儲藏櫃
※（要用腳踏板墊高才拿得到）
超市

打開櫃子一看……
咦？還有兩包麵線！
其中一包還是去年買的
而且是已經打開的……。
因為東西放太高看不到，很容易忘記自己買過哪些食物～
簡直就跟黑洞差不多……
那……那是因為你不會整理吧……
難怪最近老是吃麵線……
但個子矮的你還是遇過好事降臨呀♪
有嗎？
有啊，上次你搭電車的時候～～

轟隆……
嘰哩呱啦
卡嗒……
有兩個高大的外國人佇在門口處……
完全擋住
這兩個人大概都有2m吧？
好強的壓迫感……
嗯～
要下車時，他們完全沒有要讓開的意思……
嘰哩呱啦
但你還是能暢行無阻地順利下車啊。
快步通過
這種從人家腋下直接通行的經驗，可不是人人都能有的唷～♡
很像在玩「城門城門雞蛋糕」耶～
這算哪門子「好事」啊～

但還是有其他好處吧？
啊……有了有了……就算鏡子不大，你還是能照到全身，這不是很棒嗎♪
身高150cm的人只需75cm的鏡子就能照到全身唷～
之前電視節目也有報導過～
這……這勉強算是「好事」吧～
無法反駁……
還有吃霜淇淋時，比起大個兒……
感覺上自己的霜淇淋比較大支呢♡
大
高
小巧
呼……我吃完囉～
丟
維護環境整潔
那……純粹是基於佔便宜的心態吧……
還有啊，長得矮比較不容易被雷公打到，對吧？
轟隆
轟隆
轟～～！
哇
這個嘛……
也不無可能啦……
哈哈哈

喂～快點來啦！
轉頭
喔，馬上來！
揮
唉唷!?
吉他
嚇
哈哈哈
心臟狂跳
差點就被打到頭了～
擦身而過……
好……好危險……
生氣～
你看吧，你的個子不高，好險……
若是再高個5cm……
蹦～～
唉唷
正中額頭！
真是……好里家在……
但那位仁兄眼中難道完全沒有我的存在嗎……？
完
恰恰恰

朋友給了我超小件的衣服
這是大拍賣時買的，但是太小件了……
你能穿嗎？
SALE

Chapter 7

150 cm 關於春天的回憶

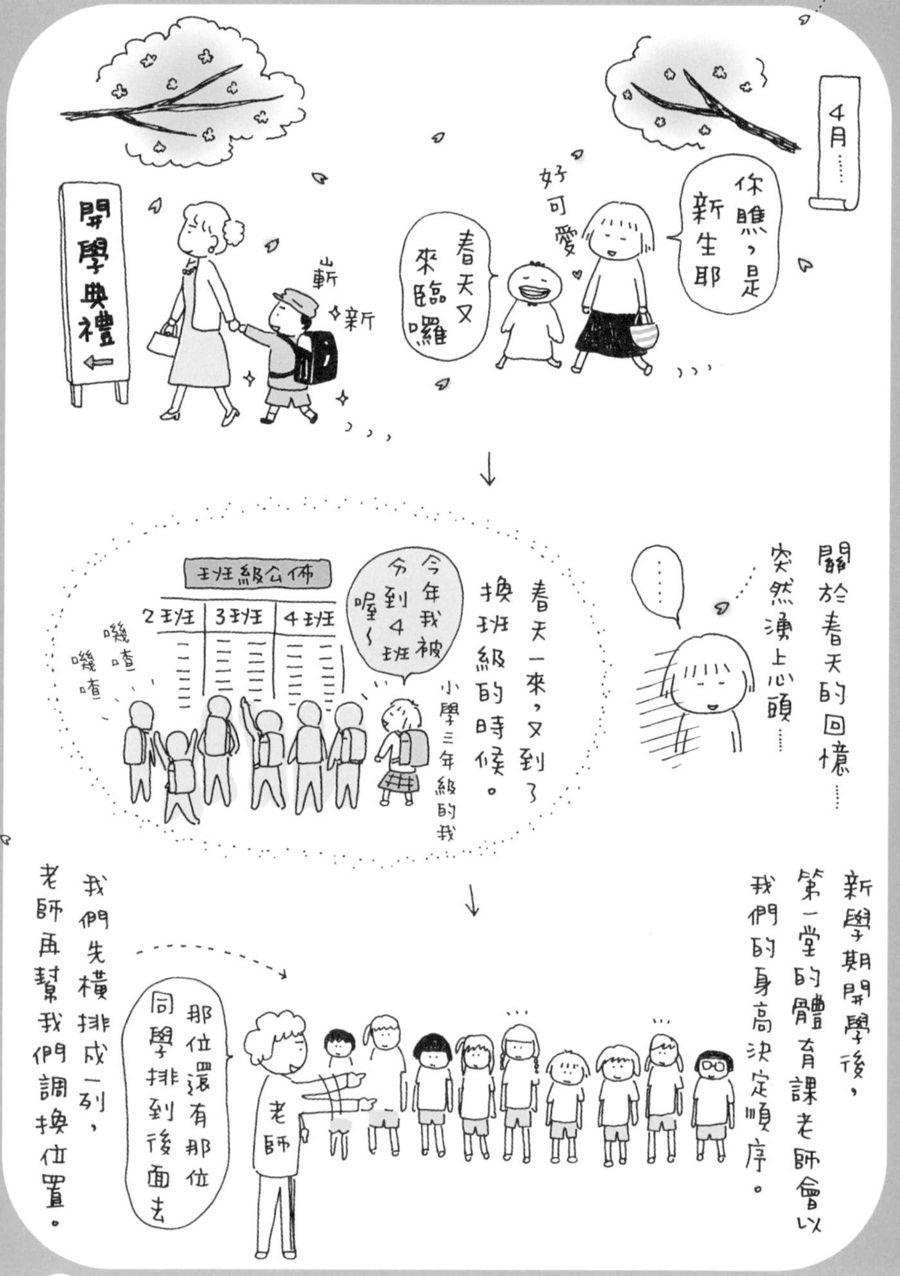
4月……
你瞧，是新生耶
好可愛
春天又來臨囉
開學典禮
嶄新
關於春天的回憶……
突然湧上心頭……
……
春天一來，又到了換班級的時候。
今年我被分到4班喔〜
班級公佈
2班
3班
4班
嘰喳
嘰喳
小學三年級的我
新學期開學後，第一堂的體育課老師會以我們的身高決定順序。
我們先橫排成一列，老師再幫我們調換位置。
那位還有那位同學排到後面去
老師

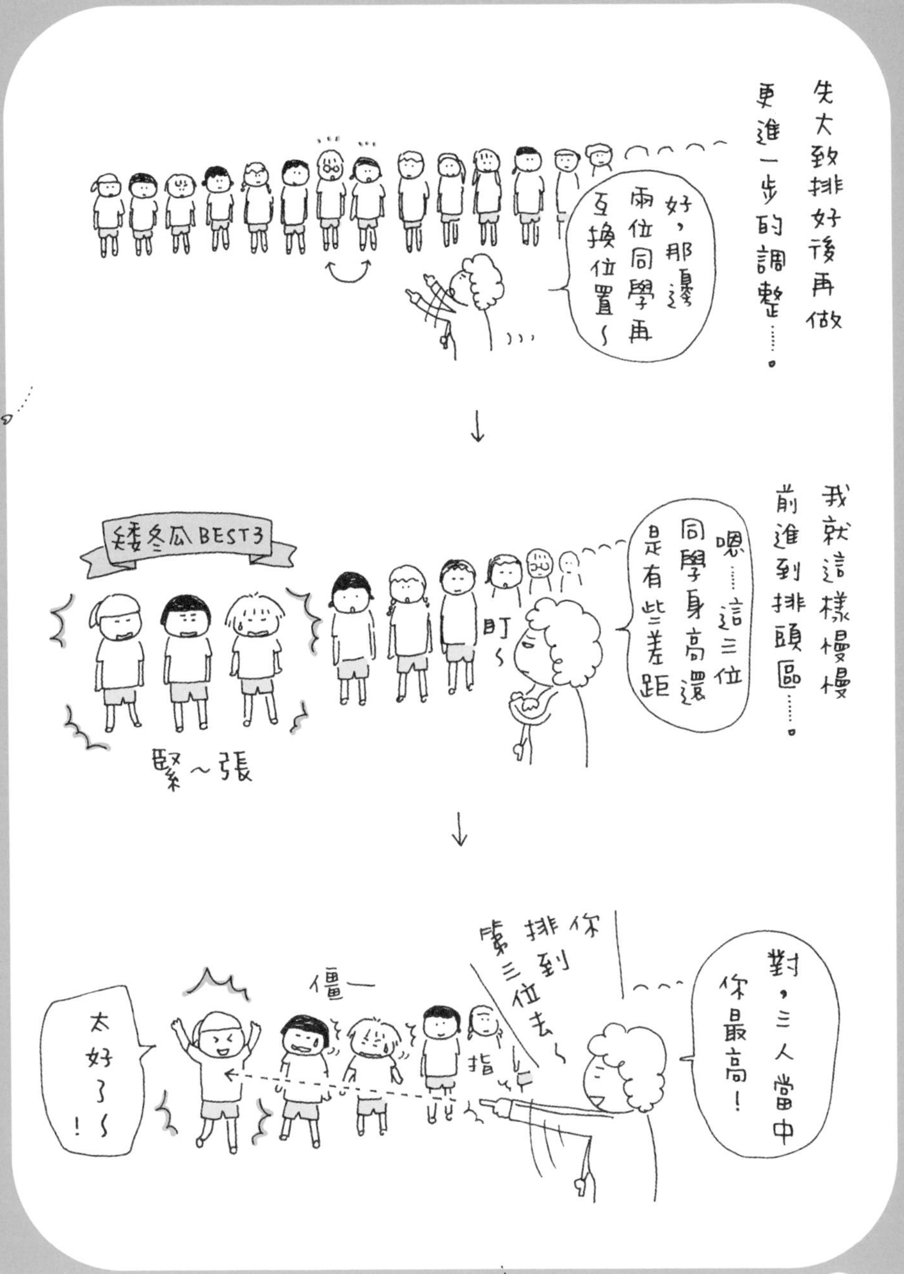
先大致排好後再做更進一步的調整……。
好，那邊兩位同學再互換位置～
我就這樣慢慢前進到排頭區……。
嗯……這三位同學身高還是有些差距
矮冬瓜BEST3
盯～
緊～張
對，三人當中你最高！
你排到第三位去～
僵—
指
太好了～！

至於這兩個嘛～
矮冬瓜BEST2
心跳不已
緊張
ㄜ～
盯～
嗯，左邊那位同學比較高！
好，兩位互換位置～
喔耶～♥
僵—
怎……怎會這樣……
好，向前看齊
嗶！
唉～又是這個姿勢……
叉腰
就這樣展開我的新學期生涯……。

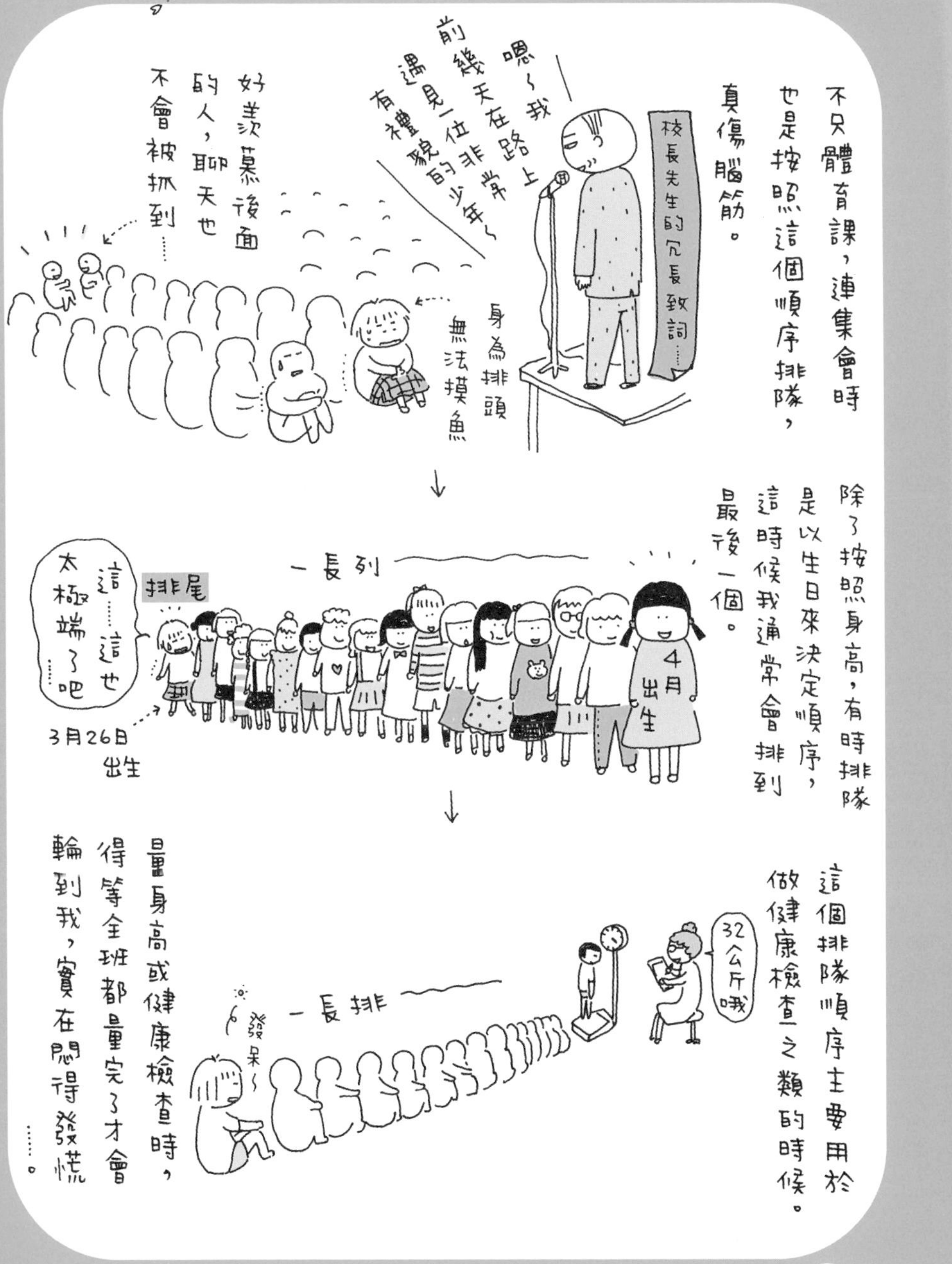
不只體育課，連集會時
也是按照這個順序排隊，
真傷腦筋。
校長先生的冗長致詞……
嗯～我
前幾天在路上
遇見一位非常
有禮貌的少年～
身為排頭
無法摸魚
好羨慕後面
的人，聊天也
不會被抓到……
除了按照身高，有時排隊
是以生日來決定順序，
這時候我通常會排到
最後一個。
4月
出生
一長列
排尾
這……這也
太極端了吧……
3月26日
出生
這個排隊順序主要用於
做健康檢查之類的時候。
32公斤哦
一長排
發呆～
量身高或健康檢查時，
得等全班都量完了才會
輪到我，實在悶得發慌
……。

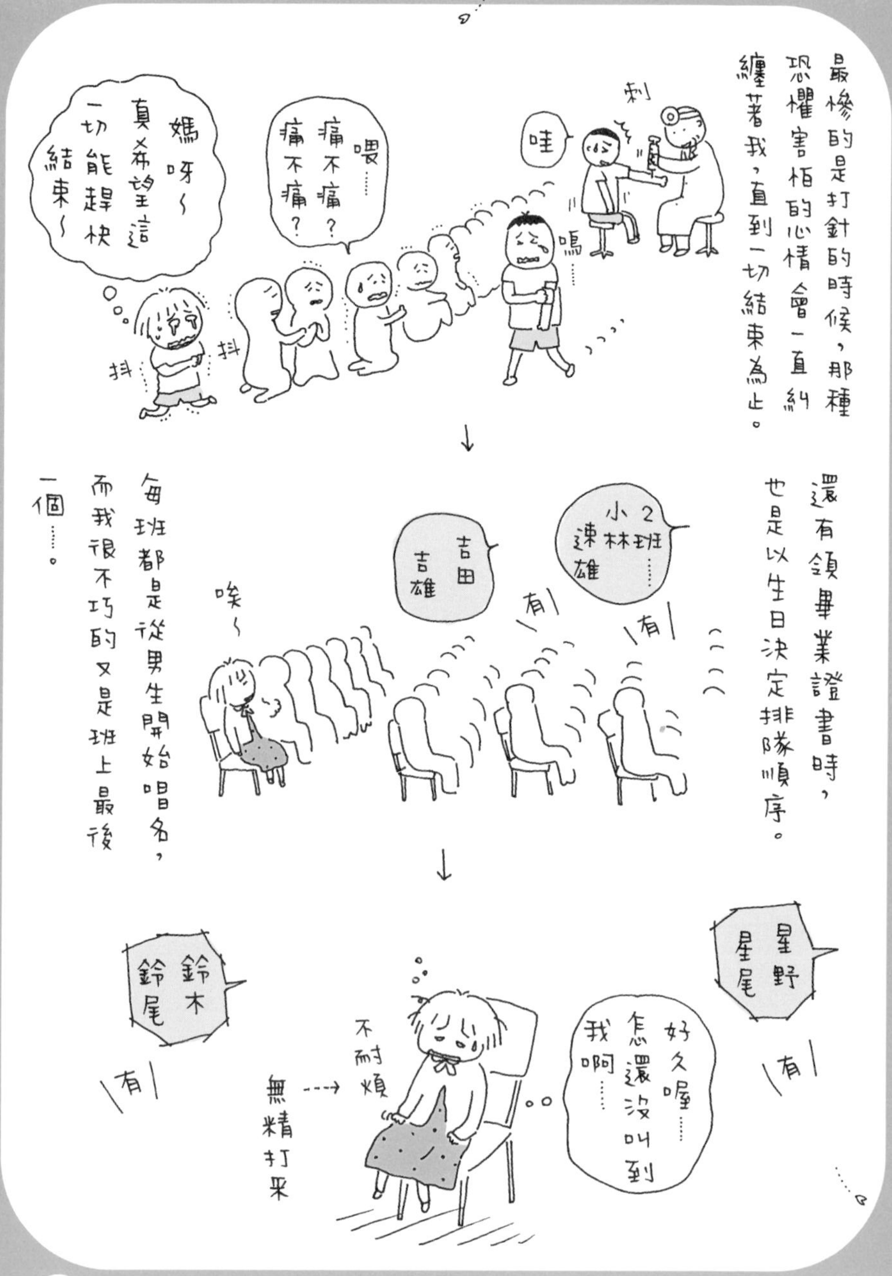
最慘的是打針的時候，那種恐懼害怕的心情會一直糾纏著我，直到一切結束為止。
刺
哇
嗚……
喂……痛不痛？痛不痛？
媽呀～真希望這一切能趕快結束～
抖
抖
還有領畢業證書時，也是以生日決定排隊順序。
2班……小林速雄
有
吉田吉雄
有
唉～
每班都是從男生開始唱名，而我很不巧的又是班上最後一個……。
星野星尾
有
好久喔……怎還沒叫到我啊……
不耐煩
無精打采
鈴木鈴尾
有

一次有兩位同學上台領畢業證書。
下一個同學在一旁等候
接下來輪到的人
牧野
牧尾
級任導師
等到終於輪到我上台領畢業證書時……
嘻嘻
哈哈
嘻嘻
哈哈
咦
校長
不知道為什麼後面傳來陣陣竊笑聲……
怎……怎麼啦？
難到是我領證書的樣子很奇怪嗎……？
嘻嘻
哈哈
嘻嘻

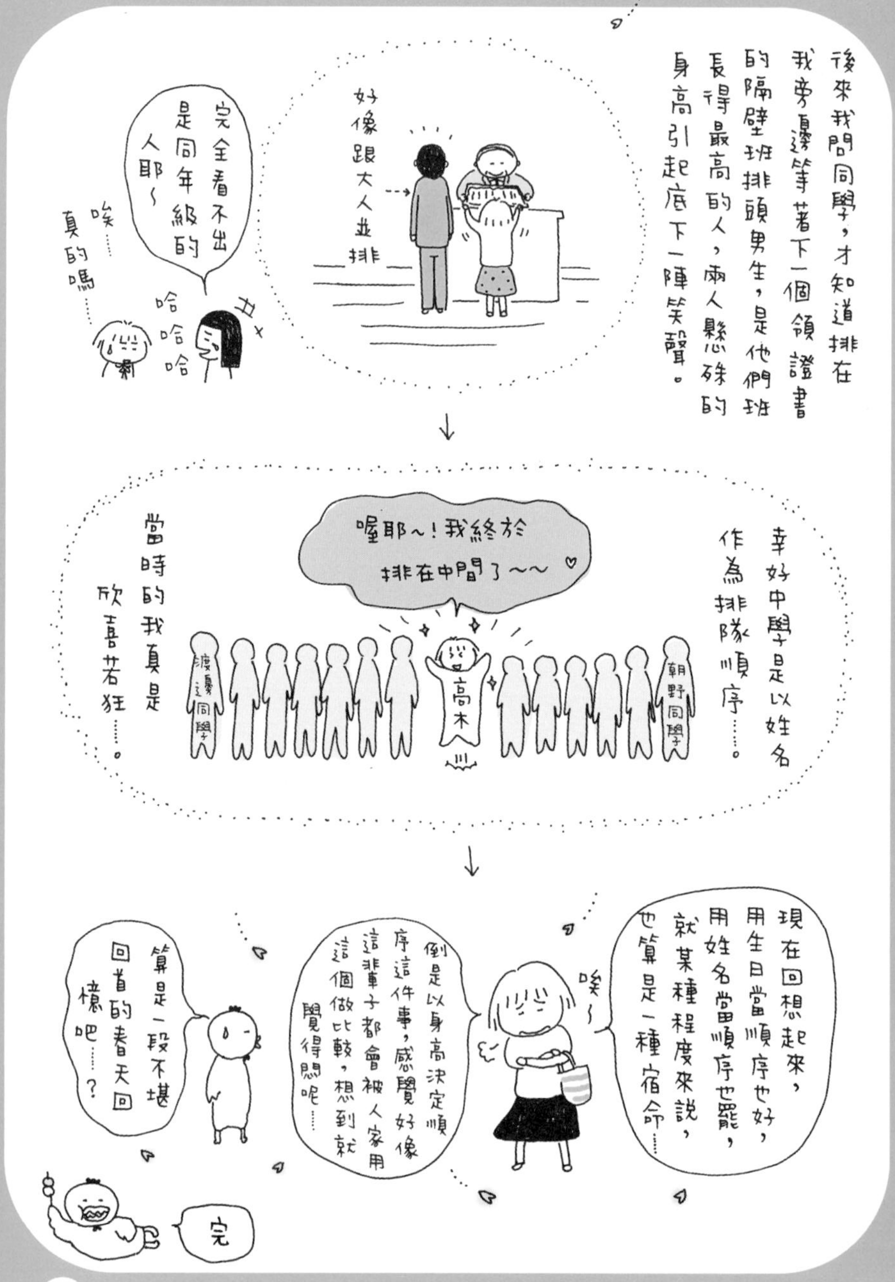
後來我問同學，才知道排在我旁邊等著下一個領證書的隔壁班排頭男生，是他們班長得最高的人，兩人懸殊的身高引起底下一陣笑聲。
好像跟大人並排
完全看不出是同年級的人耶～
哈哈哈
唉……真的嗎……
幸好中學是以姓名作為排隊順序……。
喔耶～！我終於排在中間了～～
朝野同學
高木
渡邊同學
當時的我真是欣喜若狂……。
現在回想起來，用生日當順序也好，用姓名當順序也罷，就某種程度來說，也算是一種宿命……
唉～
倒是以身高決定順序這件事，感覺好像這輩子都會被人家用這個做比較，想到就覺得悶呢……
算是一段不堪回首的青春回憶吧……？
完

Chapter 8

膽戰心驚體檢記

和同為矮個子的朋友閒聊時……
上次量身高，我有151.5cm哦～
長高了一點點～
喔～
我大概只有148cm～
但之前我曾經量出有150.2cm耶～
大家對於小數點後的數字都記得一清二楚。
這樣說來，我也有十年不曾量身高了……
我的身高嘛～
大概是150cm左右吧
是嗎～～
……事情於是變成這樣。
每次我這麼說，就會有人提出質疑。
你有150cm？我很懷疑哦～
我看只有140cm吧？
你……你說什麼!?
我絕對有150cm啦！

某天我終於碰到量身高的機會。
居民健康檢查
免費 請速報名
・量身高 ・測血壓
・血液檢查 ・驗尿
・心電圖 ・視力檢查
・胸部X光
對了……
做這些檢查，可以順便了解身體的健康情況，還不錯呢……
於是我便報名了可以在住家附近進行的健康檢查活動。
但畢竟有十年不曾量身高了，心裡還是有點忐忑……。
竟……竟然開始緊張了起來～
緊張
忐忑
坐立不安
我有150cm吧～
一定有吧～
哈～
該不會變成149cm life吧～？
在檢查日來臨前，我也做了不少無謂的掙扎。
雖然沒什麼意義，但做點伸展運動多少有幫助吧……
用～力伸展
多喝些牛奶，臨時抱佛腳說不定能長高一點……
咕嚕
咕嚕
MILK
沒有用的啦

終於到了健康檢查那一天……
聽說「人類早晨時身高最高」，
所以我一大早就去了醫院。

到了醫院，
沒多久檢查就開始了。

第一項就是量身高。

因為還要同時量體重～
請您將腳掌對準底下的足印位置站好。
哦～現在的身高計還能順便量體重啊～
但…但是這樣兩腳張開，會不會稍微減損身高數字啊……
也許只是少許的幾公釐……但即使是2公釐……
彌足珍貴的公釐……
上面的測量器會自動下降，請您站好別動～
這……這樣啊……如果是機器量的，那就沒有「差不多」這回事了吧……
中學時的回憶
嗯……差不多140cm吧
老師
心跳加速
緊張
緊張
緊張
護士在前面監督，也沒辦法偷偷踮腳……
盯～

呵～只好靠自己盡量把腰桿兒挺直了～～！
砰
挺直
唔……
已經量好囉～
接下來請到這裡量血壓
呼
虛脫無力
等……等等!?那我的身高究竟有多少?
辛苦您了～
快步離開
糟糕～來不及問……
緊張不安
請你放輕鬆哦～
應該剛好有150cm吧……
這一天，等到全部檢查都做完了，我還是不曉得自己的身高……。

回家之後……
唉……好想知道身高到底有多少喔……
唉~
鬱~卒
檢查報告要兩個禮拜後才會到……
好像在等放榜的考生喔……
不過就是身高嘛
這件事攸關到我會被歸類到150cm還是140cm，情勢十分危急耶~
當然會緊張啊~
而且我還向朋友誇口自己有150cm的說~
日子就這樣一天一天過去……
呆~
吸
啪
啪
某天，檢查報告寄來了。
來……來了~!
驚

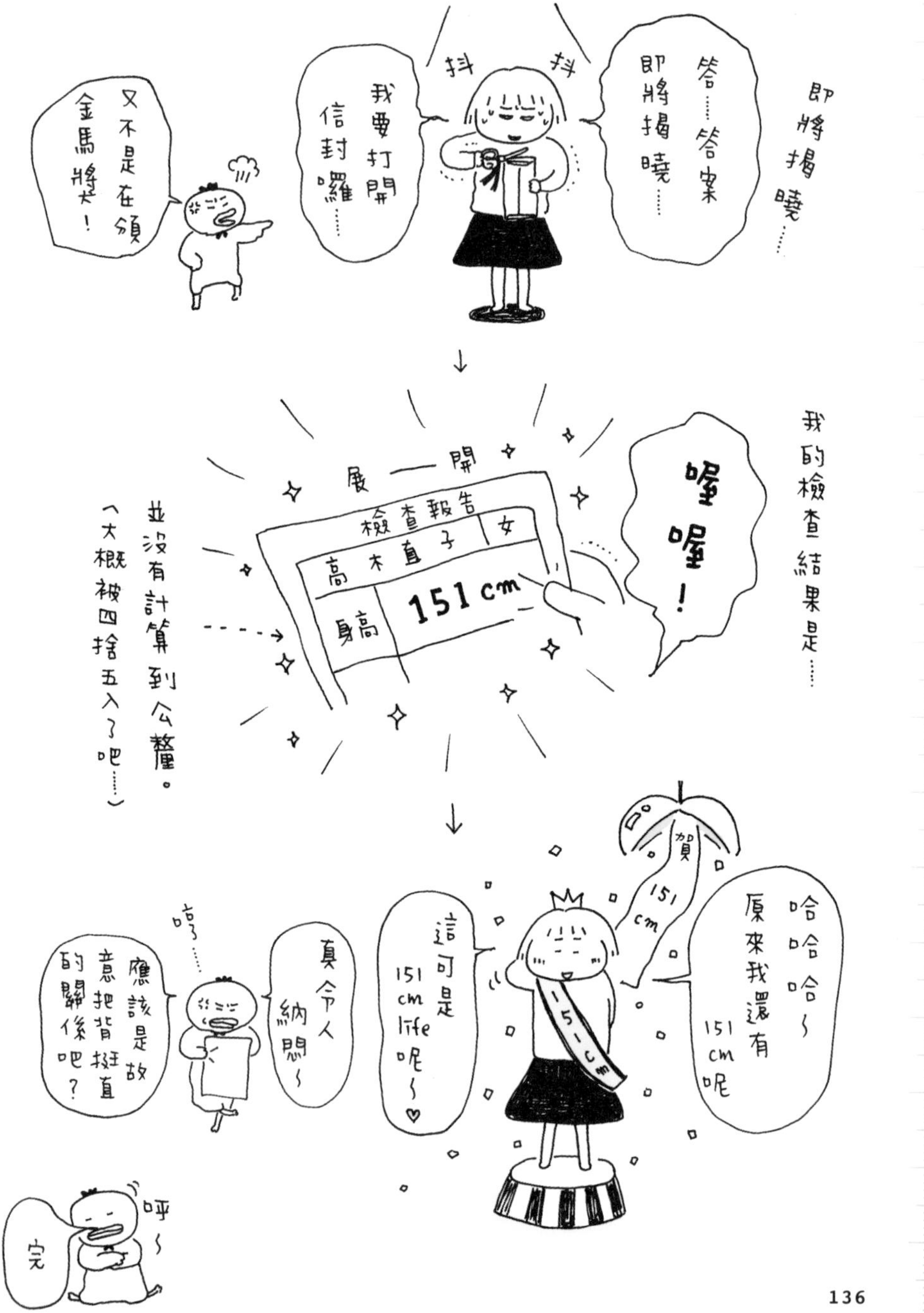
即將揭曉……
答……答案即將揭曉……
抖 抖
我要打開信封囉……
又不是在頒金馬獎！
我的檢查結果是……
喔喔！
展——開
檢查報告 女
高木直子
身高 151cm
並沒有計算到公釐。
（大概被四捨五入了吧……）
賀 151cm
哈哈哈～原來我還有151cm呢
這可是151cm life呢～♡
151cm
真令人納悶～
哼……
應該是故意把背挺直的關係吧？
呼～
完

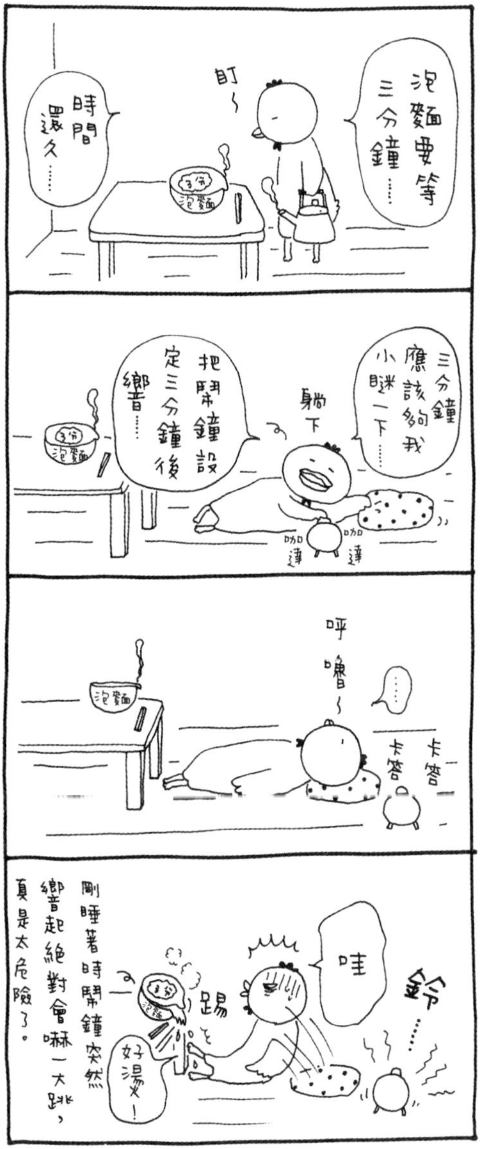
泡麵要等三分鐘……
盯～
時間還久……
3分
泡麵
三分鐘應該夠我小睡一下……
躺下
把鬧鐘設定三分鐘後響……
3分
泡麵
咖達
咖達
呼嚕～
……
泡麵
卡答
卡答
鈴……
哇
踢
好燙！
剛睡著時鬧鐘突然響起絕對會嚇一大跳，真是太危險了。

(by 基肯)

要到何年何月
才能超越
母親的身高呀
大概20年後吧……？
150 cm
158 cm

可能的話
真希望他能讓給我
那個長吊環
轟隆……
卡答……
麻

結　語

回想起來，大概是三年前的這個時候，我開始著手我的第一本繪本《150cm Life》。

對一個剛開始繪本創作的菜鳥來說，要用什麼樣的風格表現，如何表現出歡樂的氣氛，我幾乎是在反覆嘗試與錯誤當中，進行繪本的繪製。

更令我忐忑的是，對於「矮個子的日常生活」這個主題，究竟有多少人會感興趣，說實在我非常沒有把握。

就在這種毫無自信的狀態下，《150cm Life》終於誕生。託大家的福，這本書的銷售量越來越好，還有好多讀者寄給我他們的感想，才能有第二集、第三集的陸續出版，實在非常感謝大家的幫忙。

《150cm Life》已經出到第三集，雖然目前並沒打算出續集，但往後的日子我的身高依然還是維持在150cm（雖然最近量的結果是151cm啦），說不定未來還是有機會推出《150cm Life》續集哦。

首先，我要感謝長久以來一直支持《150cm life》的讀者，也希望大家都能循著自己的「Life」，開開心心的過日子。

最後，我要謝謝在這次取材中接受採訪的朋友們，以及對於冒昧來訪的矮小日本人給予諸多協助與照顧的荷蘭友人，衷心感謝你們為我所做的一切。

2005年12月　高木直子

Titan 141

150cm Life ③

高木直子◎圖文
陳怡君◎譯
中文手寫字◎張珮萁

出版者：大田出版有限公司
台北市 10445 中山北路二段 26 巷 2 號 2 樓
E-mail：titan@morningstar.com.tw
大田官方網站：http://www.titan3.com.tw
編輯部專線（02）25621383　FAX（02）25818761
【如果您對本書或本出版公司有任何意見，歡迎來電】
行政院新聞局版台字第 397 號
法律顧問：陳思成律師

總編輯：莊培園
副總編輯：蔡鳳儀
編輯助理：郭家妤
行政編輯：鄭鈺澐
視覺構成：BETWEEN 視覺美術
初版：二〇〇六年二月二十日
二版初刷：二〇二二年二月十二日
二版二刷：二〇二三年七月五日
定價：新台幣 290 元

購 書 Email：service@morningstar.com.tw
網 路 書 店：http://www.morningstar.com.tw（晨星網路書店）
郵 政 劃 撥：15060393（知己圖書有限公司）
印　　　刷：上好印刷股份有限公司

國際書碼：978-986-179-714-4　CIP：861.6/110022840
Printed in Taiwan

大田 FB

大田 IG

150cm Life ③ / 高木直子◎圖文 陳怡君◎譯
二版. -- 台北市　大田，民 111
面；公分. --
ISBN 978-986-179-714-4
861.6　110022840

填回函雙重贈禮
①立即送購書優惠券
②抽獎小禮物

高木直子最新力作　強烈熱賣中！

《再來一碗》
高木直子全家吃飽飽萬歲！

《媽媽的每一天》
高木直子手忙腳亂日記

《媽媽的每一天》
高木直子陪你一起慢慢長大

慶祝熱銷　限量贈品版

《一個人的第一次》

《一個人上東京》

《一個人住第 9 年》

《150cm life ②》

《我的 30 分媽媽 ②》

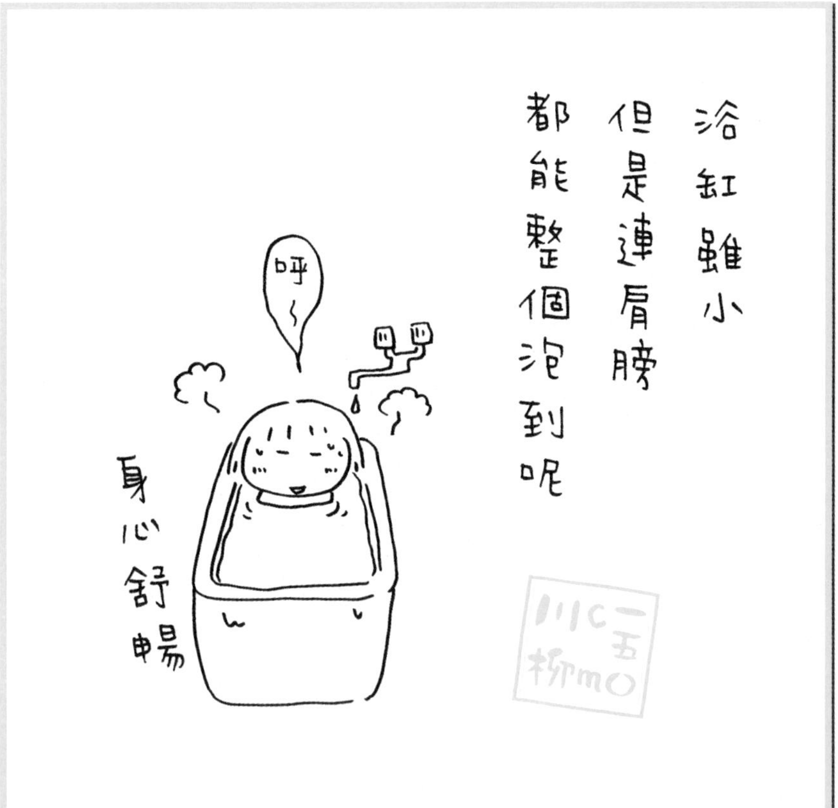
浴缸雖小
但是連肩膀
都能整個泡到呢
呼～
身心舒暢

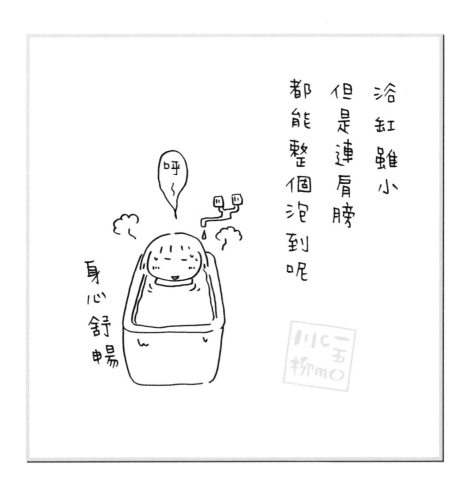